Praise for Fabiana Elisa Martínez's

12 RANDOM WORDS / 12 PALABRAS AL AZAR

"Her characters carry with them 'endearing, idiosyncratic and, at times, dark qualities'."
—Dallas Morning News

"Cinematic. International. Clever. Lyrical. Moving. Wondrous. And magical."
—Paper City Magazine

"An illumination of life, woven with revelations of pain and beauty, darkness and hope, courage and memory. The stories conjure emotions and complexities that remind us of who we are."
—Modern Luxury

"*12 Random Words/12 Palabras al Azar* by Fabiana Elisa Martínez is truly a piece of art that you will enjoy as well as the contrast in reading in two languages. Where it can be a great instrument of learning on how to write and read in English and in Spanish."
—Reader Views

"It is the concept of this book that appealed to me initially, but upon finishing the collection, it is the writing that completely drew me in ... Fabiana Elisa Martínez has a gift for storytelling."
—Readers' Favorite

Awards for

12 RANDOM WORDS / 12 PALABRAS AL AZAR

2018 Independent Press Award – Distinguished Favorite
Short Story Category

2017 Feathered Quill Book Awards Program – Gold Medal
Best Short Story/Anthology Category

2017 Reader Views Reviews Choice Awards – Honorable Mention
Short Stories Category

2017 National Indie Excellence Awards – First Place
Short Stories Category

2017 International Book Awards – Finalist
Fiction - Short Stories Category.

2017 Readers' Favorite – Silver Medal
Fiction - Anthology

2017 Royal Dragonfly Book Award – Honorable Mention
Collection of Short Stories

2017 Beverly Hills Book Awards – Winner
Short Stories Category

2017 Human Relations Indie Book Awards – Gold Winner
Collection of Human Relations Short Stories or Essays

12 Random Words

12 Palavras ao Acaso

A Bilingual Collection

FABIANA ELISA MARTÍNEZ

Portuguese Translation by Adriana Prado

Talk-Active L.L.C.
Dallas

This is a work of fiction. Any resemblance to actual events, locales, or persons, living or dead, is entirely coincidental.

Well… yes. But *Don Quijote* seems a lot like Cervantes, and our present reality would not be the same without many works of fiction. So some fiction in this book might be part of reality or may affect it at a later time. Who knows…

Library of Congress Control Number: 2018905505

12randomwords.com

ISBN-10: 0-9971497-4-4
ISBN-13: 978-0-9971497-4-6

DEDICATION

To my parents, Elena and Manuel, who gave me strong roots and big wings. I came to understand that the stronger your roots, the farther you can fly. Thank you for telling me the meaning of words and for never forbidding me to read a book I wanted.

To Robert, partner, accomplice, guardian angel and husband, who loves me so much that he always gives me the right answers and never asks me the wrong questions.

To those who, in some way or another, inspired these stories. If you find yourself in this book, know that you also live in my heart.

DEDICATÓRIA

Aos meus pais, Elena e Manuel, que me dotaram de fortes raízes e grandes asas. Com o tempo aprendi que quanto mais fortes as raízes, mais longe podia voar. Obrigada por me revelar o significado das palavras e por nunca ter me proibido ler um livro.

A Robert, parceiro, cúmplice, anjo da guarda e marido, que me ama tanto que sempre me dá as respostas corretas e nunca me faz as perguntas erradas.

A todos aqueles que, de uma forma ou de outra, inspiraram estas histórias. Se você se reconhecer neste livro, saiba que também mora no meu coração.

I believe that reading in a foreign language is the most intimate way of reading.

Jhumpa Lahiri, "Teach Yourself Italian." *The New Yorker*

Perhaps I have a narrow view of things, but to me, an artist is someone who adds to the beauty in the world, he shouldn't take away from it.

Jonathan Coe, *Expo 58*

...envolver-se com os problemas de compor um livro é uma boa maneira de evitar ficar pensando no amor.

Orhan Pamuk, *Neve*

Si tu vida es pelear para alcanzar lo que sabes que no puedes tener. Ese es el veneno. Te persigue lo que no alcanzas.

Rafael Chirbes, *En la Orilla*

Build me that building, and I will write you a book.

T. Bell, *Ta Maîtresse*

CONTENTS / SUMÁRIO

1	12 Random Words /12 Palavras ao Acaso	77
3	Quitting / Desistência	79
7	Opportunity / Oportunidade	83
11	Signs / Sinais	87
15	Colors / Cores	91
19	Door / Porta	95
25	Puzzles / Quebra-cabeças	101
31	Envy / Inveja	107
37	Darkness / Escuridão	113
43	Challenges / Desafios	119
47	Stories / Histórias/Andares	123
55	Smoking / Fumo	131
63	Ghosts / Fantasmas	139
71	Highs / Alturas	149

12 Random Words

QUITTING

On Friday, April 27, 1953, at 9:35 in the morning, Aldo Palando decided to quit. It was a gray morning as mornings usually are in Lima. Aldo looked at the eternal clouds through the cracked window pane without being certain whether their image was real or was just an overlapping reflection of the many gray mornings that he had admired for the last 57 years.

The day had started as metronomically as always. Aldo opened his eyes at 7:18, not a minute before or after, got out of his narrow bed on the right side, took a scalding shower without any solidity of thought, dried himself furiously with his rough old towel, and headed to the kitchen for breakfast.

He spent around an hour staring in his mind at the strange and intrusive thought that had decided to bother him today of all days: quit everything, cease everything, stop the world.

Aldo Palando was not a cultivated man. He had not read *Bartleby*, or any novel for that matter. He liked to listen to soccer games on the radio, but lately he could not decipher whether his mind was attending to the one occurring at that very moment or to a panorama of games that had already happened. It was a little like the clouds. And he did not know how to share this concern with anybody. He was not a good talker. Better to let things unfold of their own accord. In the end, nothing is as important as it seems in the beginning, he thought, so why bother trying to put in words what was going to be forgotten so soon?

After contemplating his new thought of the day, Aldo grabbed the newspaper that someone had left on the wooden table. That someone had neither face nor name. But the solid fact of the newspaper on the table gave that someone the credit. So he shuffled through the pages. He did not care to look at the date on the paper. Whatever the news, it merely described a faraway world too complicated to be understood. To look at the pictures and the illustrations was easy enough.

At 9:35 Aldo folded the newspaper, got up, took the chipped cup to the marble sink and enumerated the five steps needed to put his decision into action, five steps before the end: look up, walk to the glass door, open it, walk to the *huaranhuay* tree and sit down under the sweet shadow of its late amber flowers.

And so he remained under the tree, protected from the steel reflections of Lima's sky. However, to quit in such a radical and definite way is not easy. Aldo Palando did not know it, but of all of the horrors of the Olympic punishments, the worst is not being able to quit. Sisyphus forever pushes his rock but must watch it roll back, Damocles always knows the impending sword might fall, and poor Prometheus endures the daily tearing of his bowels by the unsatiated eagle. Eternity is a dreadful punishment most of the time.

Aldo did not suffer such pains and anxieties under the tree. It was his challenge to remain still when a bee approached his yellowish shirt. The other difficulty was to shut down his senses willingly. He could close his eyes and shut his mouth and bring his hands and skin to numbness by just not moving. But he still sensed the aroma of the tree and could hear people walking around him. He knew that he had been quitting under the tree for a considerable amount of time when murmurs and movements broke the stillness of the air. Some men had started gathering around and looking at him. Others were hurrying back toward the glass door.

Ana Amancay straightened her starched white cap. She helped her last man to the chair and counted. She counted again to be sure. She had done the same thing every day at noon for the last year, but it felt like a game trying to catch him for once quitting his routine.

Once she confirmed that her count was as it always had been, Ana marched to the door trying again not to stain her immaculate *zapatillas* in the humid soil. The gray light from the sky darkened the cross on her chest.

"*Aldo, mi amor, que el almuerzo está listo. Mañana regresas a tu arbolito.* Aldo, my darling, lunch is ready. You can return to your little tree tomorrow," she said with a smile, offering her hand.

OPPORTUNITY

"Here we do not call them Fred and Barney. They are *Pedro* and *Pablo*," she says using her fork as if indicating one, then the other. I nod.

"Flintstone and Rubble?" I ask, trying not to smile too much.

"No…" she replies with serious eyes as if handing over an unexpected gift. "*Pedro Picapiedras* and *Pablo Mármol*."

By now I expect as much, although a smirk still tries to emerge. By now I know her. She can talk about anything, and everything glimmers with some minute fascination for her. Don Quixote and Donald Duck can both reveal her fidelity to precision. What are fragments of trivia for others

7

become bridges that turn scenes into stories, episodes into themes. Even things of apparently no interest to her—like sports or card games or politics, whose blatancy confounds her—are at least opportunities for a treasure hunt. At first I knew my job held no interest for her, and that had been fine with me. She didn't have to like what I did at the office. She knew the system and could help me succeed.

So when I met her, I played my usual cards: a young professional (though ten years her senior), an impressive resume, international experience. She didn't seem to care. It was disorienting because that strategy used to work and still does with most people. But when I mentioned that she had mispronounced Lichtenstein her curious eyes stopped for a moment to look at me with genuine interest. My disorientation faded as I taught her how to say it correctly. Later, with a hand over her mouth, she concealed pleasure when I evoked some detail or other of Greek mythology. Unpacking my mind's other trinkets or artifacts, as the case may be, proved that this would be the way. This would be my path to her.

And here we are at our second business lunch. The invitation had sparked some reluctance. Why take her to these expensive restaurants full of executives? But new magic would work. "To celebrate," I said. "To celebrate what?" she deflected, stuffing her many papers and books into her briefcase. "That I was able to give the presentation entirely on my own, as you promised. People congratulated me. You won the bet."

At our first lunch she had been nervous, almost clumsy. Clearly, she wasn't used to upscale places. A savvy friend might have made her cautious: "Are you sure he's not looking for something else?"

But this time she is unruffled. She's relaxed and has controlled her rebel mane of auburn hair. She hesitates slightly when I suggest the *carpaccio* but lets me order. She is brave. I'm taking charge.

And while a stubborn caper avoids her attempts, she teaches me Fred and Barney's names in her native language. She translates Gomez Addams and Bruce Wayne, and makes me guess who the *Supersónicos* are.

The trivia lesson is over but I continue looking at her. My coercive smile melts into something unplanned, something disconcerting, something unfelt and forgotten for at least a decade at home with the person I will sleep next to tonight.

As I look into her eyes, my new ally looks back at me unaware of her quiet beauty and my silent intentions. I know I will kiss her sooner or later, after this lunch, or maybe two years from now. Never judging, always cherishing me. A new redeemingly breakable heart, accepting me, admiring me. Oh, God, what an opportunity!

SIGNS

March 4th

When the second cousin of the President buys the building across from your new condo to move in his rap radio station, you know something is going to go wrong. That is what I thought that bright morning while I read the paper and waited for my coffee to be ready. I always liked to read the small stories first. I don't have an explanation for it. Perhaps it is because I am afraid that the top stories have been through a deep process of censorship while the reports at the bottom of the page are a little more protected against the editor's hunger for correctness and shallow compliments.

I bought my place, my bachelor haven, three months before, after looking all over the city for that unique space that would define my private life for many years to come.

In my country you are lucky to buy a place to live, and many times you are just buying the few square meters where they will find you dead some decades later. That's it.

The old building was on a crowded avenue and I was on the eighth floor facing the even older façade of a decrepit cinema house that sporadically became a temple for whichever enlightened guru decided to open a church and close it later because of lack of funds and followers.

At the end of summer, I still could open the windows, look at the two eroded gargoyles guarding the old cinema and feel at home. At last.

May 29th

On my way home, I almost tripped over one of the gargoyles' heads. My first thought was that my poor old friends had decided to take a suicide leap given the prospect of their future existence profaned by the blare of rap. Then I realized that their ears were already too worn out to hear anything and the monsters' fall had not been poetic at all. The workers had cleared space to put up the sign.

September 21st

The radio station opened its doors unleashing a party that cut off the avenue and kept the street awake all night long. The highlight of the event took place at 2:00 am: the inauguration of the first non-stop, gigantic, interactive, psychedelic display panel that would impose on the world the goings on inside the studios of the building. "Radio to Be Seen," was the motto and the first phrase that I read from my window. When I shut my old balcony doors I was struck by the cruel sign of my future defeat: the shaking glass, a transparent mass vibrating to the rhythm of a deafening sound.

December 27th

By Christmas I knew I had lost the battle. No reinforced glass, no heavy curtains, no solid shutters would insulate me from the infernal sign. By then, only three apartments were occupied in my building. Most of the previous neighbors had accepted the meager offer of the radio owner. The two who remained were about to give up, and I was the last one without a plan. Where I am from, you don't trust the authorities, least of all if the second cousin of the main authority is pushing you to madness.

December 31st

I have not slept or eaten for the last three days. I have been sitting in my living room looking at the sign through my rattling windows. I am waiting for the party that will start at 11:00 pm. They'll shut down the street again. I wish the gargoyles could see me now.

January 1st

News from the Glorious Country, page 29, bottom right.

…*are still trying to find the reasons that could have pushed a healthy man to jump out of the 8th floor of his apartment building as hundreds partied below. No one of the people attending the event, among whom was the beloved daughter of our President, was hurt as a consequence. The note found in the deceased's left hand read:* I wish I had your eroded ears, my friends. *Another inexplicable mystery that will remain unsolved.*

COLORS

I'm going to color this whole book orange. I don't
care. Mommy says girls like pink. I don't like pink. And I
don't want to wear out my pink crayon. I'm going to keep it
forever and give it to my granddaughter when I am old and
wrinkled like Granny.

Mommy says I'm supposed to use more than one
color. Green for the grass, yellow for the sun, and blue for
the water. But she's wrong because one time the sun was
black and Daddy covered my eyes and said not to look at it
with my naked eyes. I never wear clothes on my eyes so I
don't know why Daddy told me that. Grown-ups say stupid
things but not my Daddy. Granny is my Daddy's mommy
and Granny doesn't say stupid things either. Grown-ups say
stupid things all the time.

Aunt Vivi is a grown-up but she's not stupid. I like her very much. I don't like it when she fights with Daddy. Aunt Vivi says bad words. She doesn't care. Mommy says girls shouldn't say bad words. When I grow up I'm going to say bad words just like my Aunt Vivi. And I'm going to wear make-up like she does. She puts make-up on me. It's our secret. Blue on my eyes, red on my cheeks, and pink all over my lips. Mommy says little girls don't wear makeup. I don't care what she says. She doesn't know about make-up like Aunt Vivi does. My Aunt Vivi says I look pretty with make-up. She says the nuns at my school don't look pretty because they don't wear make-up. Aunt Vivi doesn't like nuns. I think the nuns at my school are OK, but I don't tell Aunt Vivi. I don't like the nuns who never ever smile and they always tell us to be *good girls* all the time. All the time! Daddy says I have to be a smart girl. He says *there is no merit in being beautiful because that is the way God made you.* He always gets serious and then he says *being smart is something you achieve.* When I'm a grown-up I'm going to be smart too because God made me beautiful. I am not going to be a nun!

Everything is going to be orange. And I'm going to cross out all the pictures I don't like. I don't like this one with a stupid lady in the kitchen. She has an apron and a frying pan. I don't like her short hair and I'm going to color her orange all over. I don't care about the lines. Orange for the oven, orange for the fish, and orange for her stupid face. I'm going to press so hard I'm going to make a hole in her dress. There!

My friends' mommies work but my mommy doesn't work. All she does is cook. She cooks a lot of gross things like beets. Beets are purple and I don't like purple food. I hate beets. I like sweet potatoes. I want to eat sweet potatoes every day. Granny makes sweet potatoes for me. They are black on the outside and I have to be careful because they are hot. Sometimes they are yellow on the inside and sometimes they are red on the inside. Granny doesn't make me eat beets and her food is better than Mommy's. Granny and Mommy never fight. They said *we have a lot of respect for each other.* Mommy thinks I don't know what respect means. Respect means you don't like somebody but you don't tell them you don't like them. I respect the nuns at my school.

I'm going to respect Celia. I just met Celia this morning. She let me play with her dolls on her coffee table. They were black and yellow and red. I wanted to take the little tiny one because Celia wouldn't know if I took it. The little tiny one goes inside the bigger one and you wouldn't know if it was gone. All the dolls go into a bigger doll. Celia gave me the big doll and showed me how to open it. She is nice. I didn't take the little tiny one. I didn't want Celia to be sad. She gave me a big hug like Aunt Vivi gives me.

Daddy always takes me to the park on Saturdays. He makes me spell words. He says I am going to be very smart because I know how to spell words. Words that have many h's are really hard to spell.

We didn't go to the park today. Daddy wanted to do something new. I said OK. I like surprises from Daddy. The dolls were a surprise but they are not mine. They have to stay at Celia's house. Celia works at Daddy's office. We stayed at Celia's house for a long time. I had to play with the dolls for a long time. I wanted to go home but Daddy told me to be a good girl and to wait in the living room.

Mommy said hello when we got home. I didn't want to say hello to Mommy. She is cooking. She is probably cooking beets. I'm going to stay in my room and color. I'm going to color this whole book. I'm going to color every page. I'm going to color every page orange all over. Cross out everything. All over.

DOOR

In the midst of the great natural barbarism, human beings
sometimes (rarely) were able to create small, warm places
irradiated by love. Small, enclosed, reserved spaces where
intersubjectivity and love reigned.

Michel Houellebecq, *Les Particules élémentaires*

*"Take any yellow cab from the airport. My address is 37 West
72nd Street, Apt. 9C. You'll pass that dreadful corner where Lennon
died. The entrance has three arches underneath a huge balcony, to me
more moorish, not really baroque. I'll be waiting for you on November
5th. I'll leave a set of keys with the porter. The bronze one is for the main
door. The blue one is for the apartment. I'll lock only the upper bolt (the
lower one is a little problematic). You need to turn the blue key
counterclockwise to open the door. Be patient. It's a temperamental lock
and your moves will feel counterintuitive. Once you turn the key, push
hard! I promise you'll at least have some white in the fridge. I'll be there
early in the evening. Love you."*

19

Well... Here you are. Put your suitcase down. Are you going to read the note again? Yes, you are. You know it by heart in the most literal sense. Your heart knows the note by heart.

You're blushing. Maybe you're exhausted. Maybe you're embarrassed by the way those two porters looked at you downstairs. The building seems run down, much more than you imagined over the last three months. It's darker too. How do people tell day from night in this building?

OK. This is the blue key that opens the door. Grab the doorknob. Is this faceted knob a crystal ball? Does it already know all that will happen inside? Grab it hard. Whatever your destiny is for the next seven days, you want to hold on to it. Insert the key. Turn... OK, no problem. He said it wasn't going be easy. It's odd to turn a key to the left when the hinges are on the right... Try again. Uggh! It's not even moving. Take a breath. You can't go downstairs and ask for help. The look on their faces said it all: *9C, lucky guy!* What do those idiots know? OK. Left hand on the knob, right hand on the key. Turn! Push! Don't even think about crying. Don't bang the door. That won't help, you'll just hurt yourself. You have three hours until he shows up. Plenty of time. Imagine you are inside, you've taken a shower and you are having a glass of whatever white he left for you.

Smile. See? This is the door that you will remember the rest of your life. From now on, every time you meet a stubborn lock, it will transport you to this city, to this building, with your red suitcase. No matter where you are then, you will be here now.

One more try. Another breath. Is the door's lock mocking your irrational love? Isn't it counterclockwise and counterintuitive? He gave you the key to let you into his new world, in his new city. Open the door. Barge in and try to stay.

Push! Finally! Done! Wait, is your hand OK? You're bleeding, you have a little cut. Nevermind. Where is the switch? There it is.

Wow! It's so tiny. And really dark, but so cozy. Just one room and three windows. A futon over there. That'll be a small bed. Get ready to snuggle, honey! There's most of his life lying on that table: his TV, his books, his music, and now your jacket and your purse. And this gorgeous wooden floor. Look at that cowhide rug. So sweet of him to echo the soul of your faraway city. Now you're faraway too. Closer to happiness, or to desolation. We'll see.

There's the engraving from *Notre Dame*. Oh! Those masks! They are all here, the *papier mâché* heads from Salta: the puma, the snake, the crocodile, the fox. Are you still watching us? Will you witness again our souls brought together by inevitable forces despite distance and circumstance? And you, little owl, the wisest one, watch over my seven days here in heaven.

The cold-water faucet is stuck. You'd never have thought that there's something worse than a shower that's too cold, but there is: one that's too hot. You'll get burned. Isn't that funny? If the scalding water doesn't do it, this delirious love will.

Just rest. Get the wine out of this old buzzing fridge. See? He left your favorite. Just lie down on the futon and wait for him. Don't get the pillow wet with your hair. How romantic if he finds you like this. Just like in the movies, but you should be asleep. Not with your heart beating so hard, harder than you would have beaten that stubborn door.

He'll be here soon. Breathe. Smile. Relax. You will never live this waiting again. Steal this moment. Feel a window opening in your chest, much bigger and wider than the three sad windows that only look at a gray wall.

Listen! That is the elevator. Those are his steps. Lay your head on the pillow, close your eyes. The key is clicking easily and the hinges are singing. He is opening the door. He is in.

PUZZLES

Rita's incredulous eyes stared at the bottom of the box. It wasn't empty. A solitary puzzle piece in two shades of red. The problem was that the picture was already complete, and in any case there was nothing red. It had been almost fifteen years since their return from abroad, since the day when The Orchard House jigsaw caught her eye at the souvenir shop downtown. Spending some snowy afternoon putting the image together would help Tracy reconnect to her town's traditions. Tracy's other plans kept the box closed, asleep on the lowest shelf of the armoire in the downstairs guestroom until this particular Friday.

After Tracy left for college, Fridays became for Rita the hinge-day between a silent week alone and a silent weekend with Henry. After the preparatory chores of doing his laundry, fetching his dry cleaning, and placing magazines on his side of the bed in the same order that they were received, a few hours were dedicated to the day's whim. She no longer tried to remember why Henry's imminent appearance eclipsed other activities. The fact was that his presence at home no longer changed the ambience much. His weekend role for the last ten years had faded into listening to the recounting of her meticulous activities completed during his weekday absences. His travel seemed to be an endless series of meetings and business dinners. But they were relevant to the trajectory of his career and to their estate.

As far as she could recall, the box had been closed until today. Might Tracy have opened it, intending to put the famous house together and donate it glued and framed to the local library? Of course her good intentions would have melted before finishing it. Discovering the origin and destination of the orphaned puzzle piece overtook this hinge-day's whim. Its little red arms were reaching out for help against the boredom, the solitude, the silence of the empty box.

Rita contemplated the brownish house. She took a step closer to the island's marble countertop and sipped her tea. The image was complete, with its green door offering tourists a glimpse of a famous writer's past. The red orphan belonged somewhere else.

To reach the back of the armoire, Rita had to kneel down. She rescued the other puzzles left forgotten by Tracy: *States of Our Country*, *Barbie's Wedding*, *Cinderella Losing Her Slipper*. None of them wanted to adopt her orphan. Returning home, Cinderella resisted fitting into the back of the armoire like her stepsisters resisted the slipper. Rita's head had to brush the floor to see the intruder: *Peter Pan Following Tinker Bell*. Rita smiled. The feather in Peter's hat needed the two shades of red offered by the castaway in her hand. Rita opened the box.

Covered by the scattered particles of J. M. Barrie's characters was another picture, a real one, a photograph, and an envelope. Her heart raced, unbridled. Her mind raced, far behind. She sat on the floor, checked her watch, and took the photograph out of the box.

The woman was young, maybe twenty-seven at most. In the background stood the Twin Towers. Her hands clasped a blue book in front of The Sphere's fountain. Rita slowly turned the picture over in her trembling hands as if she were arranging delicate flowers. Handwriting.

Henry, I made it.

Thank you for all your teaching and trust.

Come to visit, I am waiting for you.

Love, Marian—at the top of the world.

Rita's lips almost kissed the clenched fist carrying the little red piece. If she crushed it, Peter Pan would be incomplete. Her eyes caught the envelope as she relaxed her grip. *MARvelous Music for You.* Just like that, with the M, the A, and the R capitalized. The contents spilled out into the box: a star-shaped red USB drive and a booklet. Lyrics of love songs, from The Beatles to Amy Winehouse, filled all the pages except for the last. *Thank you for our first twenty years of running the maze of love. Until next month, Marian.*

No single understandable form could make itself known to Rita. Not the light filtering through the guestroom's curtains, not the antique armoire sheltering memories, not the mirror reflecting her unanimated figure.

At the sound of a car coming down the driveway, she rearranged her hair, returned the drive and the booklet to the envelope, and covered the envelope and the photograph with Peter Pan's fragments. This time the armoire welcomed all the puzzles without resistance. She was already putting water in the kettle when Henry came through the kitchen door.

"Oh, did you piece that all together?"

Henry looked down at The Orchard House and started sorting his mail.

"Yes, finally. After all these years not even a missing piece."

Rita poured his tea with a blank smile. One hand offered the cup, the other slipped the little red piece into her blouse pocket.

"Of course I imagine it would be much worse to have an extra piece than a missing one," she added.

Henry was too lost in a catalogue to reply. Too lost to even look at his wife.

ENVY

Yes, I'll hold. Let me know when you are ready... I haven't got all day.

It was about two months ago. I approached the poor woman only because I was moved by pity the moment I saw her. *She was a new face at the school,* a rather chubby face actually. We're not used to having her type at our school. We're not used to the idea of ugliness. And certainly not shabby clothes, unless they're on the maids who are dropping off the kids. *But she wasn't one of the maids of course, the way she looked at her timid and graceful little girl with braids on her first day of school. The woman seemed so proud,* thrilled to see her mousy princess climbing the social ladder. *Oblivious to everyone else* as if we didn't matter. *So I approached her, said "hello"* with my most radiant smile, *and welcomed her to the school.* I wasn't going to respond to her rudeness with vulgar questions. *She wasn't able to accept my invitation for coffee at my house that day,* of course. Some poor excuse about work or something inconvenient. Too much, too intimidating for someone like her—our gorgeous house, our fine furniture, our art, our radiating sense of beauty and balance where everyone and everything fits. *She wasn't even familiar with our neighborhood* or its ways. She was never going to find any other mom to pay attention to whatever pitiful story was behind her chubby face. Except for me.

That morning I learned that Britney, her ghostly daughter, *had received the state excellence scholarship and would be a student in the same class with Elizabeth. Yes, my daughter Elizabeth. Lizzy. Apparently, Britney had some health issues,* serious food allergies, seizures, those kinds of things, *that made her mother anxious. However, Britney* Little Miss Thick Braids *overcame those difficulties* typical for lazy people without money *and won the privilege to attend our prestigious academy and see the real word close up.*

When Lizzy came home that afternoon, we talked about the altruism of becoming Britney's friend. Well, we didn't really talk, she just rolled her eyes. Teenagers. She went straight to the kitchen for another snack just to infuriate me. *My daughter has some issues herself, you know.* Do I need to talk about this? *Oh, well. Yes, she's … she has dietary problems. Well, yes, unfortunately she likes to eat.* Why the hell doesn't she understand that looking good has a high price? She has to learn how to choke her hunger with something other than food! I do it, so can she. *Oh, well. I'm not sure how much she listened to me.* Too busy eating her stupid peanut butter sandwich and stomping off to her room.

But the opportunity presented itself when *Britney decided by herself to become Lizzy's friend,* which showed her instinctively good taste. *Very commendable,* very clever. *Lizzy always needed help with math and English, and I'm always so busy* with this beautiful house, so busy with making my husband the envy of his colleagues. *What you see here is the result of pure effort and determination.* Looking this good is work. No matter what they say, nobody cares about a sweet soul hidden inside a gross body. Well, I did. Didn't I care about Britney's mother?

So the girls became friends. I welcomed Britney almost every afternoon to our house, what a blessing for her mom who did not have to leave her sad office in a rush to pick her up. *I enjoyed seeing the two girls together,* colorless *Britney and* rebellious *Lizzy.* Shiny braids, skinny legs, deep and smart eyes, eating only grapes and pineapple, explaining algebra and adverbs to Lizzy, the one who was supposed to be prettier, thinner.

Superior. Same old dull expression while filling up her big mouth with pecan chocolate chip cookies that Britney didn't touch.

Well, I couldn't possibly have remembered some small detail like that. Like I have space in my mind for trivia. *I really had only one conversation with the woman out of politeness. I have charities and fundraisers to run. Your veiled accusation offends me more than anything because I had the best intentions to help that poor girl and I was being generous. I just forgot. It didn't occur to me.*

And you should have seen Britney's eyes when she saw my famous vanilla pudding on the table. She had already said it was her favorite dessert. Even Lizzy was surprised by the treat because I rarely have the time to cook anymore. How revolting to see them exchanging that obscene happiness of cream and sugar for a future of fat and exclusion. *It even seemed that Britney was a little too hungry, you know. Like someone who doesn't have a full meal every night... No, I don't eat pudding.* Do I look like I eat pudding?

Oh, my God. Really? How could I know? It was just milk... Well, yes, almond milk. But that's still milk, right? Are you serious? Of course I called the ambulance right away, she couldn't breathe! Brain damage? Is she going to be OK? Oh, what a terrible accident! What a tragedy, Officer! A girl with so much potential. How I pity that poor mother! Of course, I know you recorded this statement. Yes, yes, I'm here to help. You can call anytime. Now, please, I hope you understand I need some time with my daughter. Good bye.

Lizzy, sweetie pie!

...

Your friend Britney isn't going to be at school for a while.

...

Sweetie, come to the gym with me this afternoon.

...

Lizzy!

...

I'm tired of you always being locked in your room, come down right now!

...

Come on, let's get rid of all that vanilla pudding!

DARKNESS

When that brief light has fallen for us,
we must sleep a never-ending night.
Give me a thousand kisses, then another hundred,
then another thousand, then a second hundred,
then yet another thousand more, then another hundred.
                          Gaius Valerius Catullus, *Carmen 5*

Eve woke up and immediately remembered that she was happy. Despite the otherwise confusing shadows in the room, this time it was no dream. Kent was there, asleep next to her in the hotel, its 1920's luxury undimmed by time. She had looked forward to looking back. She had anticipated recalling the very memory she was about to create, a memory to cherish with or without him. Another one of her *prospective memories*. Eve would imagine some experience, down to the smallest detail, and then project herself even deeper into the future, remembering what was yet to happen. Such dreamed memories always came true. This one would be no exception.

Her heart had cradled tonight's memory for months. It would be the perfect projection of a night together, the first whole night together, in the city they both loved, unknown to all as their secret haven. To create her memory, Eve conjured some Latin verses. A recipe from Catullus for lovers to outlive the unavoidable night of old age and death through thousands and hundreds of kisses, too many to count. Eve revered the poem but felt the need to add an image in the dark.

With the silent grace of a cat, listening to the whining of the old building and to Kent's blissful breathing, she uncovered herself. The prospective memory pictured her rising in the middle of the night, walking to the window, savoring the peace of love already made, contemplating the skyscrapers of the island. But that afternoon as Kent opened the door of the room, Eve could see no buildings. Their narrow window framed a gray, sad airshaft offering her only a minuscule square of black sky with which to decorate the memory. But she did not care that there was nothing to see, they were together at last for one eternal night in the city that was their world.

She was careful not to step on their clothes and shoes, not to stumble on their half-unpacked suitcases. Sliding her feet across the wood floor in the silence of darkness felt like a sacred procession. Only a gray cape of dim light filtered through the curtains covered her nakedness. She feathered the old floor with the strident red of her toenails, a Chanel color that Kent had given her even before he dared to touch the tips of her fingers. Another Cassandra stepping into the temple to meet her lover, only this time Eve had already met him and was not scared. Penitence would come, but the image would remain. The balance of the night was too easy to break, the gods too easy to awaken.

Eve wrapped her body in the curtains and looked outside. In the crisp night of early May all windows were closed and all lights off. Gazing at the small square of sky from the corner of East 39th and Madison, she smiled. She had caught her memory, a perennial butterfly of love inside her chest. Eve, a twenty-seven-year-old, naked, infatuated girl at the top of the world with the man of her life. No matter what fate would weave, this minute would still be hers thirty years from now.

Eve slipped back into bed and, before surrendering, leaned on her right elbow to look at her lover, to breathe him in, squeezing the shape of his face into her heart next to the square of sky. His name was a whispered lullaby she sang to herself, a counterfeit prayer she recited to fate. The four letters of the name of the only man she could love without boundaries. Pronouncing the four sounds one and one thousand times and then one hundred more, her eyes closed and her mind receded into the interminable night that we all have to sleep.

The light was trying to force its way under her eyelids when Eve awoke. Her lover's name lingered, its taste on her tongue and its music in her ears, as countless aches started their daily procession over her body. Something in her head was pushing aside the square of Manhattan's black sky. Maybe the idea that today was an important day.

"Good morning," she said, trying not to move too briskly and force her joints. "Was I talking in my sleep?"

"Good morning, princess! Happy silver wedding anniversary!" her husband smiled.

"A princess, at fifty-seven? Thank you for that. Why are you grinning? Was I talking in my sleep?"

"Were you? I didn't notice."

"I love you, Frank."

"I love you more."

Frank kissed Eve's hair tens of times and then one more, wrapped her with his body and adored her more in that moment than in any of the last twenty-five years. Frank had earned his wisdom. He knew there is no truth without a secret, and no measuring light without a hint of darkness.

CHALLENGES

Challenge (v.): c. 1200, "to rebuke," from Old French *chalongier* "complain, protest; haggle, quibble," from Vulgar Latin *calumniare* "to accuse falsely," from Latin *calumniari* "to accuse falsely, misrepresent, slander," from *calumnia* "trickery" (see calumny).

Think. Just think carefully. Forget about the *wise men*. Do not pay attention to your wife's letter. You know very well that women are weak and prone to delusions. Of course she did not have any dreams about this situation, about this man. How could she? Women are too emotional and their wills outmaneuvered by the whim of sentiment. You can analyze the problem, you are clever. You will maintain decorum. Your wife is far from her home, far from her family. For you the distance and the changes are endurable, you have faced them most of your life. There is a reason why the supreme commander sent you to this corner of the world. This episode should not ruin an exemplary path toward glory.

Consider your options. How will it affect you if you agree with these *wise men*? This week of religious celebrations has gone peacefully, so far. Even if the act they are demanding is unjust, it prevents turmoil. The power bequeathed to you must be administered with firm hand and a callous heart. You will not let them fathom your hesitation. Your wife may cry later. Allow her another tantrum about the messages of the gods embroidered in nightly visions. Later, you can deal with her. Women do not count. Duty comes first. Keep the peace and the distance between these people's theological intricacies and your government. They ask for their kind of justice. Give it to them. Even if you don't see their point. Even if you cannot detect a speck of guilt in the eyes of that poor man.

Why doesn't he respond to the accusations? With his deep eyes of charcoal, some spark of dread or desperation is waiting to ignite them to fury, yet he remains calm. He sees you from the abyss of some implacable will. You know he is innocent, a pitiable, delirious soul nurtured by aspirations of power or an almighty force. He is not a threat to anything, in spite of what these so-called educated men fear. Why doesn't he defend himself from such slander? His actions are those of one impelled by a sovereign will that ignores the imminent physical punishment of a horrible death. Delirium, delusion, mania—these are all gifts from the gods to disassociate us from stubborn reality. Such gifts were bestowed upon Odysseus, and later to Aeneas. To your wife, through her infantile dreams. There are rumors that even your Emperor has his delusions. His enemies grow behind his back like the shadows of trees in the forest as the sun leaves the sky.

But here, around you, in this morning of religious fervor, who is the most delirious? Some group of old men who demand a decision you don't want to make? This young rebellious man who challenges your power, your taxes, and your sword and calls himself a king? Are you the one about to lose your mind in a shallow pool of blood shed only to make the crowd happy?

You know. Make them believe that they preside over the execution so you can continue with relevant matters: order and peace. If he ever hears about these necessary actions and decisions, Tiberius will acknowledge the efficiency of his officer. Claudia will return to other prophetic dreams while you pretend to listen. The Sanhedrin will have their arrogant victim punished. And the hopeless man with deep black eyes? Pathetic. Truly worthy of pity. The memory of his execution will not outlive but three days. Life will go on in Rome's vast empire. Even his name will be forgotten, buried by time, and any spark of life in his eyes will be extinguished by pain and an irredeemable death. Lay aside your needless concerns. Without question, your hands will be forever washed clean by the cold current of oblivion.

STORIES

To Charles Eaton

It was only two days after arriving in the city that I discovered the triangular plaza at the intersection of Gold and Platt. I was wandering, looking for a new coffee place, and I stumbled onto a rusty geometric sculpture that looked very similar to the one that the hero of my unfinished novel finds on planet Suadela at the end of chapter four. It stood out next to a single tree, surrounded by a cluster of metal tables. I decided right then that the little plaza would become my regular office, the "X" at the end of a dotted line on the treasure map of my universe, where I would at last finish my first science fiction novel that had resisted completion for so many months. My friend Patrick was spending three months in Tokyo to close one of his big deals and offered me his microscopic studio in the Financial District: "Hey, James, give it a try! If you can't finish that book with all this energy around you, I don't know where you'd be able to do it."

So I bought a pair of walking shoes and packed my dictionary and my telescope, one to chase down words and the other to mark the coordinates of my protagonist's trip through the galaxies. Thus, I landed at the center of the economic world to tell the story of a different society, while people like Patrick injected contracts into the arteries of businesses just a few feet away. Patrick's stars are green and crisp, they flow unseen and silent from bank to bank. Mine are silent too, revealed by a telescope and scattered throughout a novel that had not yet taken the shape of a constellation.

I saw Mr. Funny Glasses on a Thursday afternoon. He was walking up Gold Street talking on one phone and looking at another. He was carrying a leather bag with some blueprints in it and seemed excited about the conversation he was having. He stopped at my intersection giving me the opportunity to observe him at ease. A little more than middle-aged, a little overweight, a little dull in his choice of clothing and a lot of blond hair falling over a pair of green plastic eyeglasses that did not belong to the picture. Maybe it was because of those glasses that I liked him immediately. He looked like someone who was playing a game with a straight face, but was unable to completely hide some secret, whimsical side of his personality. Like wearing a designer sweater with a discount price tag hanging out, accidentally betraying that nothing is what it seems.

I could hear just enough of his conversation to grasp that he was staying as usual on the twelfth floor where he had enough light to compare prints and that a transaction had gone well. Given my lack of inspiration and progress, this man was several steps ahead of me in life. He finished talking, put away both phones and headed to the fancy hotel across the street. Just another anonymous businessman on one of the infinite number of random trips this city inspires.

It turned out that he had a routine like mine, and there was nothing random about it. Two weeks later I saw him again coming from Maiden Lane. Now he looked tired and his pace was slow, though not as slow as mine, still a crawl toward the last chapters of my novel. His glasses had changed color this time but were still a mismatch with the rest of his appearance. When he entered the hotel, suddenly, without any apparent reason, I felt a strange rush of curiosity, an eagerness to follow him, to track his steps. That man had something that I needed although I did not know what it was.

I went back to the studio to challenge my good luck. If his hotel room looked at my plaza, I would be able to see him from my own window a block away. People tend to think that all those windows are offices in Wall Street, but the last crisis turned many of its derelict buildings into cheaper housing for young pioneers of the financial world like Patrick. I threw my computer on the couch, rummaged in my bag for the instrument I would misuse for the first time, sat by my window on the sixteenth floor and waited. The hotel had only fifteen stories and my telescope could easily leap the three hundred feet which separated us.

Fifteen minutes later my bet paid off. Mr. Funny Glasses opened his bedroom door, left his blueprints on the desk, stripped except for his new blue glasses, and watched TV from bed until dinner time. Then he put on a pair of loose jeans and a pink button-down shirt and left. Not much for an interesting anecdote but somehow still fascinating.

Nothing happened to me or to my novel in the following weeks. Every ten days, I saw my new oblivious friend with his unpredictable glasses and twin phones. Blueprints came and went, and discussions took place by phone on his way to the hotel. I remember thinking one time that maybe he would talk to his wife at that hour of the day but, with the attentive feminine eyes of a male novelist, I noticed that he did not wear a wedding band. Evidently his existence was nothing but business, TV before dinner, colored funky eyeglasses, and the tedious march around the carrousel of time. He did not have any secrets for me, I concluded.

One afternoon, a week before my departure and still three incomplete chapters away from a novel that did not yet echo any of my dreams, a cab stopped across from my table. The driver put a suitcase covered with stickers of different flowers on the curb. Big and small, open and closed, infinite psychedelic flowers dancing frantically one on top of the other over a black leather background. Then she emerged from the taxi, ripe and bright, wearing a green headband over a mane of red hair that spilled over her back like a regal cloak. She looked up at the hotel, beamed with delight, dialed her phone, and made her vivid entrance dragging her private flower garden by the handle. I could almost feel her perfume and envied at once the man awaiting her candid smile. Her husband, I surmised after noticing a wedding ring.

And then I saw him, my nameless nearsighted friend, this time wearing the green glasses, coming down the street too early for his routine. Smiling as he talked on his phone, walking faster than ever, he entered the hotel by the side door because, apparently, the revolving one would have taken too long.

After a while, I saw them coming out together, not yet touching each other. She looking up at the buildings, fascinated, turning around him and talking loudly, he listening and hesitating, one step from caressing her hair without daring to.

That night his blueprints were crushed under her flowers. They returned late to the room and, without turning off the lights or drawing the curtains, both got naked and lay down. He took his glasses off this time, and they landed on the floor next to her headband. I felt ashamed, I did not have the right to witness their secret. But I was thrilled because I was tracing the hint of a mystery I had foreseen in his crazy glasses so many weeks ago. Naked as they were, with only her beautiful red hair to cover them and a tiny box of chocolates to make her even happier, they talked for an hour. And they kissed softly and then harshly a thousand times and then talked a little more. And when they decided to make love, it was like the only song they knew how to sing together on key, or a path they could walk hand in hand with their eyes shut, or the silhouette of a cat they caressed every night without thinking.

They paused many times. He to caress her hair, she to draw younger features on his face with the magic wand of her thumb. I imagined her asking how many more times he would make love to her and him replying that all the remaining times in their lives would not be enough. And a man who had looked predictable became a hero, and a woman who had intrigued me became sublime. I knew that they were the owners of a treasure I would never possess.

I only had words and stars. They had each other.

After their lights went off at midnight, I packed my few belongings, opened my computer, deleted my whole stillborn novel, and headed to the door.

The next day, back home, I started to write a true story. This time one on Earth, its coordinates Gold and Platt.

SMOKING

To Verónica Jiménez

"I'm not talking to you. I don't want to talk to you. I'm never going to talk to you again."

"That's OK, Justin. You don't have to talk to me. Maybe you'd like to play a game instead? We don't have to talk if we are playing a game."

Justin looked at the disgusting woman with the pointy glasses and the big mole underneath her right ear. His mom had a mole too, but it was a beautiful one just below her lower lip. He loved to kiss that mole. *When I am grown-up and big like my dad, I will only talk to beautiful girls with tiny moles on their*   *chins.*

"I don't want to play. I don't want to talk. And I am *not* going to tell you any secrets."

"That's OK. You don't have to talk. And you don't have to tell me any secrets. Secrets are special. The most special secrets are the ones only two people know, and no one else."

"Why does that make them special?" Justin asked, looking the woman in the eye for the first time.

"Well, do you have a baseball? Can you play catch by yourself?"

"No."

"So, you play catch with someone else, right?"

"Yes."

"Special secrets are like that. The most special ones are the one you share with someone else."

"I have a baseball. Brian Barkley signed it for me. My dad gave it to me, and he went to all that trouble just for me.

It's special. I like to look at it. I don't have to share it. I don't want to share it."

"That sounds like a very special baseball. It's so special that you probably don't want to play catch with it. Even though it's special, just playing catch with yourself your arm would hurt, wouldn't it? Let's play catch and your arm won't hurt that much. Let's pretend your secrets are a baseball. Let's just try to play catch."

Justin stared at his feet and moved their tips closer and then apart over and over. He imagined that his feet were the windshield wipers of his dad's new sports car. His father hadn't noticed when Justin kicked the bumper two weeks ago, too busy yelling at Justin's upset mother.

"If I play catch with my secret like a baseball, I can lose it. Like when I lost the tiny prayer book my dad gave me for Christmas, the one that had belonged to my grandfather. Dad said that I was old enough to have it, and that I was going to show him and Mom how responsible I am. Mom didn't say anything, she doesn't say very much. And when Dad found out what happened he was mad at me for a long time. He's still mad at me. And he's right. My dad is always right. My dad is very smart."

"What happened to the tiny book? Did you lose it?"

"I don't remember."

"Oh. That's too bad."

"Well... I didn't lose it really..."

"Oh, you didn't lose it. So ... you still have it?"

"No. It's gone. And I don't want to tell you anything else. And if you ask what I did with it, I won't tell you. I want to go."

"OK. I know you want to go. You don't have to tell me what happened to the tiny book. But if you want to tell me, I won't tell anyone else. That's our special secret. I promise. I won't tell anybody. Not even Dad or Mom."

Justin looked at the woman again more in the direction of her right ear than toward her eyes. He hated her ugliness. His instinct was to run. Whenever he would bang his feet on a chair, as he had been doing for the last fifteen minutes, his mother would become irritated. This woman did not seem to mind. Instead, she just went on and on forever with her stupid questions. She was a grown-up, like the rest of them, and she could not hide that fact behind her little girl voice. There was no reason to trust her. Grown-ups were always trying to get the whole unadulterated truth out of him, telling him what is right and what is wrong. He was just not going to tell her what had happened with the book, or why he had done what he had done. Never.

"Justin. Justin? I want to share a secret with you. Your father gave me something, and I want to show it to you. He said he found this in your room, the day after the accident."

Justin's pupils moved from the mole to the small blue rectangular object. A few seconds passed before he was able to think. How had Dad found it? Justin's super-secret hiding place had been crafted with deception to ensure that it was adult-proof. For a second time he looked the woman in the eye, tightened his jaws, and returned to the stone silence that had preceded this idiotic visit.

"Your father says he found this in your bedroom. He said he found it inside the arm of a broken Pokémon doll. I think that is a great hiding place. Even the inspector didn't look there, so he never found it. Your dad says he's not going to show it to the inspector. Maybe our special secret can be why you had this in your room. Nobody else can be hurt now, so it's OK."

The manipulating tone of the woman combined with the certainty that she was orchestrating a big stupid trap took Justin to the verge of crying. He lowered his eyes again, banging the legs of the chair with both feet to show his indignation.

"Pokémon is not a doll! Pokémon is an action figure, and my dad knows what that is and why I took it!"

"OK. Maybe your dad is confused and he can't remember why you took it. Maybe he just wants to know who gave it to you. But that can be our special secret, if you want. It's OK to cry."

"It's his lighter! It's his! He knows that!"

"OK. This is your father's lighter. He forgot to tell me that when he gave it to me. He only told me that he found it in your room. Maybe he forgot it was his, since nobody smokes at your house. Right?"

Now Justin understood. Crying became pointless and

regaining composure his duty. The balance of power now favored him rather than the nosy therapist. Despite the awkward obligation bestowed by his father, Justin saw the opportunity for his dad's forgiveness. The tribe's chief was transmitting coded instructions, Justin was clever and responsible and would follow them.

"No. Nobody smokes at my house."

"OK. Nobody smokes at your house, except maybe your dad smokes sometimes?"

"No! My dad doesn't smoke. And I didn't find the lighter in our house! I found it in the street. Dad would never smoke because Mom would be very upset and he loves her very much. And I was not being responsible, and my dad is right that he is mad at me. I didn't mean to burn the prayer book. It just caught fire. And Mom tried to put out the fire, but her hands got burnt and even her face a little, but the doctors said she's going to be fine, and my dad does not smoke, that is not his lighter. OK?"

Dr. Ballina's eyes remained closed a tenth of a second longer than they should have been.

"OK. That's not his lighter. Of course. Don't worry. You're right, the doctors said your mom is going to be fine. How about some chocolate before you go?"

Justin took the piece wrapped in silver paper with the certainty that it would be thrown away the moment he left the office. Although the woman was clearly an idiot, the session had gone well. Mom will never know. And Dad may give up his cigarettes. Turning his grandfather's prayer book into ashes was an irreversible mistake. But maybe that mistake would dissipate now that he had learned to read his father's secret smoke signals.

GHOSTS

Frida

My mother will die tomorrow. That's what I hope. It doesn't mean I want her to die. It's just that I cannot take this anymore. Please, Mom.

I'm just so bored. I don't have any tears left. I want to sit in the sun, go for a walk in the park all by myself. From her window I can see a little cluster of blossoming trees. A couple of days ago people started showing up with their blankets and dogs. I cannot see them from here but I know they are happier than I am. They are not sitting by their dying mothers' beds, listening to coarse breathing and praying for their hearts to abandon a futile enterprise. My father is not here, of course, but he always is. In fact, I am in this room because of his inability to deal with illness and pain. Evidently those vows were excluded from his marital contract. A lawyer's advantage, I guess. So, the attorney's only daughter, who could not become one herself for lack of passion and dedication, had to abandon her two little children and husband in the pleasant suburbs and come to this despised Upper West Side to make sure her mother doesn't die alone.

I have to be a good daughter, not for her but for my father. I have to show him that I am successful, in my own way. I have to prove to him how happy I am, with my cottage in the woods, and the children, and Dan, the publicly impeccable husband, the privately distant and melancholic father of my children. I dread the idea that my father may have to rescue me again. Yes, Dan's promotion at the Connecticut office probably happened because of Dad's influence. But I have to stop this. I can't try so hard to be perfect but still feel like a failure. Maybe when Mom dies, my father's suffocating shadow will vanish. Please, Mom, die.

Markus

That was a good joke. Who do I need to applaud? I didn't bother to look at the name of the bar when I came in. I just needed a drink. Chelsea's not my thing but all these new real estate contracts make it worth the trip. That old elevated railroad track will be my yellow brick road.

Scotch served on a skull coaster. Perfect. "Death Avenue? What kind of name is that?" "That was what this street was called in the early 20's, sir." Obviously not the first time this bartender has been asked the question. Of course. My wife is dying at home and the one place I end up is death's own avenue. It feels good, though. I need this break from my daughter's pathetic teary eyes at home and from Steve's vicious, bloodshot eyes at the office. Steve, I hate you. I can barely hide it anymore, pretending that I owe you my brilliant career and all that I've learned. If only this scotch could let me forget what a hovering asshole you are. I should be running this company. Death should be running over you.

Mr. Dolloway

I am tired. Exhausted. What am I doing here? I could walk out and never come back. Who am I trying to impress? Everyone down there is dying to take over, even that little shit Markus. I'm too old to be wasting my life at this office, surrounded by a pack of wolves ready to tear me into pieces and gloat as they eat them one by one on the parquet of the conference room. This is my company, you fucking idiots! I founded it, and you're just the pawns I needed for it to succeed. But you know what? I'm not going to leave any time soon. But when I do, instead of one of you morons, she'll be the one in charge. Sexy Sandy is ready to say yes to me. She's not just the corporate climbing lawyer you think she is. She'll be the new Mrs. Steve Dolloway. Didn't see that coming, did you, conniving bastards? I saw from the beginning that nothing was too nasty for her to swallow in exchange for even a crumb of power. Can't wait for me to retire and die? Fine, but not before I confect my revenge.

Sandra

I need to stop and finish this document. Was I hired to babysit morons who can't even spell check? Well, I certainly wasn't hired to spend all day stalking some other idiot's profile. Why am I so obsessed with her and her hippie trips, her pictures of vegan food, and quotes from the Dalai Lama anyway? Because I'm obsessed with the guilty pleasure of her photos from visiting the Hamptons, her fat ass squeezed into a bathing suit or, God, those teeth. She doesn't even know what success looks like. She couldn't possibly make one-tenth of my income treating speech impediments for those rich brats in Greenwich. If I accept old Steve's repulsive proposal, I'll show Ellie what success looks like from my mansion in the Hamptons. She may have been the queen of the prom, but I'll be the one who reigns. Reigning over my life, over this office, even over you, Ellie, with your unpolished toenails at my summer beach party. Enough. Back to work.

Elizabeth

I'm afraid of her. I often find myself thinking more about her than about him. I even dream about her. In the dreams sometimes we're friends, and we sit together, and we talk. He's usually mute in my dreams, but she's articulate. We talk about him mostly. Other times she looks at me from a distance, from an elevated place, a hill, or an escalator. One time she was running from me dragging her children by the hand. She was screaming about me robbing and killing her family, when all I wanted was to discuss little Tommy's therapy, how best to treat his stutter. She is here all the time. Dan's with me maybe once a week. Even then her specter is in bed with us, between me and her husband every time. Then she stays and crawls into my dreams. I wish I could understand why a man with so much love to give stays with a woman unable to receive it. I want to hold the man of my life in my arms without her breathing our breaths. Once again Dan can't come this evening. He's at home taking care of the kids, waiting for his mother-in-law to die to fix his broken life. I never realized before that life rhymes with wife.

Daniel

Sweet dreams, Tommy the Pirate. Dream with little angels, Emma Principessa. If it weren't for you, my children, I would stop serving these demons. What am I going to do, Frida? How am I going to tell you? How will your father react? My career will be over. Under the pretense of his company's reputation, Mr. Dolloway will quietly dismiss me. Sandra will be happy to get rid of another of her "incompetent" employees. I don't even know how much I love my sweet Ellie. At least not as much as she loves me. Do I even have a choice? God, where did all my plans of being a free soul go? Look at me now. I am not even a shadow on the wall of a cave. I am a ghost in a private tomb of perfection and vanity. Like all of them. Like all of us.

Baker's Dozen

HIGHS

Oh my, art is long and short is our life.
Goethe, *Faust*

Down went my dear friend. Not him, of course, but his remains. Whatever was left of a man I admired and kept close to my heart. A man I shared thirty years of friendship with and I travelled with to places most people would not be able to find on a map. I was the direct witness of his art, and my camera the echo of the image he wanted people to remember. He played, and I recorded. Whom will I follow now and toward which destination?

The coffin made no sound, one more tear falling over the whole injustice of his early death at sixty-two. My friend made music. The exquisite notes came out of his ancient violin as if he were caressing the golden mane of a Greek goddess with his bow. My friend did not deserve a silent funeral or the stones his friends and family brought. But who would deserve to die after bestowing peace to souls and beauty to the world through the generosity of four strings?

The rabbi started his chants, those highs and lows undecipherable for me. I continued looking down at the well of absence that had swallowed my companion, at the humid grass exhaling irrepressible life, and at all those pairs of feet covered in dust, some tapping, some taking turns in the forbidden burden of tiredness, one at a time, making their owners sway to the rhythms of the Hebrew sounds. Only two feminine shoes stood out, untouched by the dirt, inconceivably elegant in the strange aura of their black patent leather and high heels. And then there was also the cane. Shoes like those don't usually accompany a cane. But hers did.

I did not want to look up. I feared that if I did, I might confirm that the next funeral would have me as the protagonist. I had been an orphan for the last three years. I had been feeling old ever since. Why do people decide that the only orphans worthy of pity are the young ones? My parents left me, and now my closest friend. I am alone at his funeral surrounded by dozens of people I cannot name. I will be even lonelier when I get home.

The cane slid almost imperceptibly, and my eyes followed the movement as if it hid a secret message that only I could decode. I was curious but I would not look. If Alice were here, she would reprimand me for this distraction. She would not say a word but would press my arm lightly. Alice can sense what I am looking at even when she is sustaining a trivial conversation with inane people. It would be much easier for her at a silent funeral.

The cane moved again and placed itself in between the polished tips of the woman's shoes. Who was she? Why did I feel such an urge to deny that she was the most beautiful personification of Death extending her hand to me? And what if she were? Should I look?

My absent wife pressed her imaginary hand on my arm again. Alice stopped coming to funerals long ago. The lack of passion in a marriage should be measured according to the social events in the husband's life that the wife decides to ignore. Business parties come first, family gatherings later, the mutual bed, and cherished friends' funerals at the end. My marriage has become a sequence of forgotten absences, and its silence is more oppressive than the mute violin abandoned by a dead musician.

The chants suddenly end. I am forced to raise my eyes. I do not look at the widow but instead at the enigmatic bearer of the cane. She is looking at me too and the first incomprehensible thought that comes to my mind is that she is not an impersonation of Death but a Botticelli creature some vandal has desecrated with a black robe. She looks at me with peace and, at that very moment, a warmth that I have not felt in decades makes a nest between my lungs. I know I have met her before, but I don't know who she is. She barely smiles. She is young in a dangerous way, not because she is too young but because whoever dares not to kiss her now would miss forever the sweetness of a perfectly ripe fruit.

The funeral is over and the crowd walks away except for me … and except for her. Some minutes pass in a distorted progression. I am not sure anymore how long a minute takes to go by.

She is next to me now. I look deep into her blue eyes unsure if I will be able to swim back to reality later. She has the hair of the goddess with which my friend used to string his violin. She extends her hand and I see the long scar that embraces her ivory arm as though it were barbed wire.

"It is so good to see you again," she says cautiously. "I am Blanche Illy. I studied with him for ten years until I had the accident. Of course, you don't remember me."

I cannot say anything because in spite of my helplessness and solitude, I do remember her.

"I could never forget those afternoon lessons with the maestro. You were there almost every time. I was only sixteen and you two were ... thirty-five? You did not pay attention to me but ... many times I was not playing for my teacher ... I was playing for you. I thought this was a good time to let you know, before we all end up down there."

My only purpose at this point is to keep her next to me.

"Would you play again?" I utter without thinking.

"I don't think so," she says as a slight blush invades her cheeks.

"But now that you are older, you could revive our memories of shared music over a glass of wine, I assume."

"Yes, of course I can."

The sun of her hair and the sea of her eyes are the posthumous presents from my friend to me. My heart leaps high inside my chest, and I know that I am not dead and will not be for a long time to come.

12 Palavras ao Acaso

DESISTÊNCIA

Na sexta-feira, dia 27 de abril de 1953, às 9:35 da manhã, Aldo Palando decidiu renunciar. Era uma manhã cinza, como de costume em Lima. Aldo olhou para as nuvens eternas através da vidraça rachada, sem saber se aquela imagem era real ou somente um reflexo das inúmeras manhãs cinzentas que tinha admirado nos últimos 57 anos.

O dia começou milimetricamente calculado, como sempre. Aldo abriu os olhos às 7:18, nem um minuto mais, nem um minuto menos. Levantou-se do lado direito de sua cama estreita, tomou um banho escaldante sem ter um pensamento sólido sequer, se enxugou furiosamente com sua velha toalha áspera, e se dirigiu à cozinha para tomar café.

Gastou aproximadamente uma hora de seu tempo com aquele pensamento esquisito e intrusivo, que resolveu incomodá-lo bem no dia de hoje: deixar tudo para trás, abandonar tudo, parar o mundo.

Aldo Palando não era um homem culto. Não tinha lido *Bartleby* nem outro romance qualquer. Gostava de ouvir futebol na rádio, mas ultimamente não conseguia decifrar se estava escutando um jogo atual ou uma miscelânea de partidas antigas. Era como acontecia com as nuvens. E ele não sabia como dividir essa preocupação com ninguém. Não era um bom conversador. Seria melhor deixar que tudo se desenrolasse naturalmente. No final das contas, nada é tão importante quanto parece no começo, pensou. Então por que se preocupar em usar as palavras certas se seriam esquecidas em seguida?

Após considerar seu novo pensamento do dia, Aldo pegou o jornal que alguém tinha deixado sobre a mesa de madeira. Esse "alguém" não tinha cara nem nome. Porém, o fato da existência do jornal na mesa garantiu a esse alguém uma entidade sólida. Então ele folheou as páginas, sem se importar em averiguar a data do jornal. Qualquer notícia seria uma mera descrição de um mundo distante, complicado demais para ser entendido de verdade. Seria mais fácil olhar as fotos e ilustrações, simplesmente.

Às 9:35 Aldo dobrou o jornal, se levantou, pôs a xícara trincada na pia de mármore e enumerou os cinco passos necessários para cumprir seu objetivo, cinco passos antes do fim: levantar os olhos, andar até a porta de vidro, abri-la, caminhar até a árvore de ipês, e se sentar debaixo da sombra de suas delicadas flores de âmbar.

E assim ele ficou sob a árvore, protegido dos reflexos de aço do céu limenho. No entanto, renunciar tudo de forma radical e definitiva não é uma decisão fácil. Aldo Palando não sabia disso, mas de todos os terríveis castigos do Olimpo, o pior é não ser capaz de renunciar. Sísifo empurra sua pedra eternamente para vê-la rolar de volta ao ponto de partida. Dâmocles sempre sabe que a espada pendente pode cair, e o pobre Prometeu aguenta a dilaceração diária de suas entranhas pela insaciável águia. A eternidade é quase sempre um castigo horroroso.

Aldo não sofreu tais dores e ansiedades debaixo da árvore. Era um desafio manter-se imóvel quando uma abelha se aproximava de sua camisa amarela. Outra dificuldade era bloquear, de bom grado, seus sentidos. Podia fechar a boca e os olhos e deixar suas mãos e pele adormecidas por ficar imóvel. Contudo, ainda sentia o aroma da árvore e podia ouvir as pessoas caminhando ao seu redor. Ele sabia que havia renunciado durante uma quantidade considerável de tempo, quando uns murmúrios e movimentos incomodaram a imobilidade do ar. Alguns homens tinham se reunido para admirá-lo. Outros voltavam apressados em direção à porta de vidro.

Ana Amancay ajeitou seu boné branco engomado. Ela ajudou seu último homem a sentar-se na cadeira e contou. Voltou a contar para ter certeza. Há um ano repetia suas ações sempre ao meio-dia, mas tentar pegá-lo renunciando sua rotina de uma vez por todas tinha um gostinho de brincadeira.

Quando confirmou que sua contagem não havia mudado, Ana caminhou até a porta tentando novamente não manchar seu imaculado tênis no chão molhado. A luz acinzentada do céu escurecia a cruz em seu peito.

"Aldo, mi amor, que el almuerzo está listo. Mañana regresas a tu arbolito. Aldo, meu anjo, o almoço está pronto. Você pode voltar à sua arvorezinha amanhã", disse, sorridente, estendendo sua mão.

OPORTUNIDADE

"Aqui não se chamam Fred e Barney. Eles são *Pedro* e *Pablo*", afirma usando um garfo como se apontasse para um depois para o outro. Eu confirmo com a cabeça.

"Flintstone e Rubble?", pergunto, tentando não sorrir muito.

"Não...", ela responde com um olhar sério, como se estivesse entregando um presente inesperado. "*Pedro Picapiedras* e *Pablo Mármol*."

A essas alturas nada me surpreende, apesar do sorriso maroto que insiste em aparecer. Eu já a conheço o bastante. Tem assunto para tudo e qualquer coisa, por menor que seja, lhe desperta uma certa fascinação. Tanto Dom Quixote quanto o Pato Donald revelam sua fidelidade à precisão. O que para outros é um simples fragmento de informação, para ela é uma ponte que transforma uma cena numa história, um capítulo num tema. Mesmo coisas que, aparentemente, não lhe despertam nenhum interesse – como esportes, jogos de cartas ou política, cuja evidência lhe confundem – são vistas como uma oportunidade para descobrir um tesouro. Sabia que, à primeira vista, meu trabalho não lhe parecia atraente, mas isso não me importava. Ela não precisava gostar do que eu fazia no escritório. Conhecia o sistema e podia me ajudar a vencer.

Então quando nos conhecemos, fiz meu jogo de sempre: jovem profissional (apesar de ser 10 anos mais velho que ela), com um currículo impressionante e experiência internacional. Mas parece que ela nem ligou para isso. Fiquei desorientado, porque aquela estratégia sempre deu certo e ainda funciona com a maioria das pessoas. Porém quando comentei que ela tinha pronunciado Lichtenstein de forma incorreta, seu olhar curioso se detive um instante para me fitar com interesse verdadeiro. Meu desconforto se dissipou enquanto lhe ensinava como pronunciá-lo corretamente. Mais tarde, com uma mão cobrindo a boca, ela disfarçou sua satisfação quando evoquei alguns detalhes sobre mitologia grega. Vasculhar os esconderijos do meu cérebro em busca de joias preciosas provou ser a melhor solução. Esse seria o caminho para conquistá-la.

E aqui estamos em nosso segundo almoço de negócios. O convite causou uma certa relutância. Por que levá-la a esses restaurantes caríssimos, repletos de executivos? Mas a magia funcionou. "Para comemorar", disse. "Comemorar o quê?", se esquivou, enchendo sua pasta de papéis e livros. "Que eu consegui dar aquela palestra totalmente sozinho, como você prometeu. Todo mundo me parabenizou. Você ganhou a aposta."

Em nosso primeiro almoço, ela parecia um pouco nervosa e desajeitada. Era óbvio que não estava acostumada a lugares luxuosos. Talvez alguma amiga mais experiente lhe tivesse advertido: "Tem certeza de que ele não está com segundas intenções?"

No entanto, desta vez ela está serena. Parece descontraída e consegue controlar sua rebelde cabeleira ruiva. Ela hesita levemente quando sugiro o carpaccio, mas me deixa fazer o pedido. É corajosa. O controle está em minhas mãos.

Enquanto uma alcaparra teimosa se livra de suas garras, ela me ensina como dizer Fred e Barney em sua língua materna. Traduz Gomez Addams e Bruce Wayne, e quer que eu adivinhe quem são os *Supersónicos*[1].

E apesar da aula de conhecimentos gerais ter acabado, continuo olhando para ela. Meu sorriso irônico se transforma em algo imprevisto, desconcertante, que não sentia há décadas. Algo que já não posso encontrar em casa, ao lado da pessoa com quem dormirei esta noite.

Enquanto olho nos seus olhos, minha nova aliada me observa inconsciente de sua plácida beleza e de minhas silenciosas intenções. Sei que a beijarei mais cedo ou mais tarde, após este almoço, ou talvez daqui dois anos. Sem me julgar, sempre me idolatrando. Um novo coração para partir que será minha redenção, me aceitando, me admirando. Meu Deus, que grande oportunidade!

[1] *Nota do tradutor: Jetsons no Brasil*

SINAIS

4 de março

Quando o primo de segundo grau do presidente compra o edifício em frente ao seu apartamento novo para instalar sua estação de rádio de rap, você sabe que algo vai dar errado. Foi o que pensei naquela manhã ensolarada enquanto lia o jornal e esperava meu café ficar pronto. Sempre preferi ler as notícias breves primeiro. Não saberia explicar o motivo. Talvez porque desconfie que as manchetes principais tenham passado por um processo de censura profundo, ao contrário das reportagens da parte inferior da página, que estão um pouco mais protegidas da fome de correção e dos elogios superficiais do editor.

Há três anos comprei meu apartamento, esse paraíso

da solteirice, após vasculhar a cidade inteira à procura daquele lugar único que definisse minha vida privada durante muitos anos futuros. Você precisa ter sorte para comprar uma moradia no país em que nasci, e ainda assim pode ser um lugar minúsculo onde encontrarão seu cadáver umas décadas mais tarde. Nada mais.

Aquele velho edifício estava numa avenida movimentada, e eu no oitavo andar olhando para a fachada ainda mais antiga de um cinema decrépito, que esporadicamente se tornou o templo de um guru iluminado qualquer que resolveu abrir uma igreja para logo fechá-la por falta de fundos e fiéis.

Eu ainda podia abrir as janelas no final do verão. Me sentia em casa olhando para as duas gárgulas deterioradas que protegiam o velho cinema. Finalmente.

29 de maio

Quase tropecei na cabeça de uma gárgula no caminho de casa. Em primeiro lugar, pensei nas minhas pobres velhas amigas que resolveram dar um passo suicida devido à possibilidade de sua futura existência ser profanada pelo estrondo do rap. Então percebi que suas orelhas já estavam gastas demais para ouvir qualquer coisa. A queda dos monstros não tinha sido nada poética. Os trabalhadores arrumavam o terreno para colocar um letreiro.

21 de setembro

A emissora de rádio abriu com uma festa de arromba. Interditaram a avenida e mantiveram a rua inteira desperta noite afora. O ponto alto da festa ocorreu às 2:00 da madrugada: a inauguração do primeiro painel informativo contínuo, gigantesco, interativo, psicodélico, que iria decretar ao mundo o que aconteceria dentro dos estúdios do edifício. "Rádio para se ver" era o lema, a primeira frase que li da minha janela. Quando fechei as antigas portas da varanda, fui atingido pelo sinal cruel da minha futura derrota: o vidro sacolejante era uma massa transparente vibrando ao ritmo de um barulho ensurdecedor.

27 de dezembro

Já sabia que tinha perdido a batalha perto do Natal. Nem o vidro reforçado, as cortinas grossas ou as persianas maciças eram capazes de me proteger daquele maldito painel. A essa altura, somente três apartamentos estavam ocupados no meu edifício. A maioria dos ex-vizinhos já tinha aceitado a mísera oferta do dono da rádio. Os únicos dois sobreviventes estavam prestes a ceder, e eu era o último sem uma estratégia.c No meu país, você não confia nas autoridades, especialmente se o primo de segundo grau do chefe máximo está te enlouquecendo.

31 de dezembro

Não como nem durmo há três dias. Fico sentado na minha sala olhando para o painel através da minha estridente janela. Estou aguardando a festa que começará às 11 da noite. Vão fechar a rua outra vez. Como eu gostaria que as gárgulas pudessem me ver agora.

1 de janeiro

Gazeta do País Glorioso, página 29, parte inferior direita.

...continuam procurando o motivo para que um homem saudável se jogasse do oitavo andar de seu edifício enquanto centenas de pessoas se divertiam lá embaixo. Nenhum participante do evento, entre os quais se encontrava a amada filha do nosso presidente, foi ferido. O bilhete achado na mão esquerda do falecido dizia: quem me dera possuir os ouvidos corroídos como os seus, queridas amigas. *Outro mistério inexplicável que permanecerá sem solução.*

CORES

Vou colorir este livro inteirinho de laranja. Não quero nem saber. Mamãe diz que as meninas gostam de cor de rosa. Eu não gosto de nada nessa cor. Não quero gastar meu giz de cera rosa. Vou guardá-lo para sempre e dá-lo à minha neta quando eu estiver velha e enrugada como a Vovó.

Mamãe diz que eu deveria usar mais de uma cor. Verde para as matas, amarelo para o sol e azul para a água. Só que ela está errada, porque uma vez o sol ficou preto e Papai tapou meus olhos, pedindo para eu não olhar diretamente para o sol a olho nu. Nunca pus roupas nos meus olhos, então não entendo por que Papai falou isso para mim. Os adultos dizem coisas estúpidas, mas Papai é diferente. Vovó é a mamãe de Papai, e ela também não diz coisas estúpidas. Os adultos falam besteira o tempo inteiro.

A Tia Vivi é adulta, mas não é idiota. Gosto muito dela. Só não gosto quando ela briga com o Papai. A Tia Vivi fala palavrão. Não está nem aí. Mamãe diz que as meninas não deveriam falar palavrão. Quando eu crescer, vou falar palavrões como minha Tia Vivi. E também vou usar maquiagem como ela. Tia Vivi pinta minha cara. É nosso segredo. Azul nos olhos, vermelho nas bochechas, e cor de rosa nos meus lábios. Mamãe diz que garotinhas não devem usar maquiagem. Não me importa o que pense. Ela não sabe de maquiagem como a Tia Vivi. Minha tia fala que fico linda maquiada. Ela comenta que as freiras da minha escola não têm boa aparência porque não pintam a cara. Tia Vivi não gosta de freiras. Eu acho que as freiras da minha escola são boazinhas, mas não conte isso para a Tia Vivi. Não gosto das freiras que nunca sorriem e sempre dizem que temos que ser *boas meninas* o tempo inteiro. O tempo inteiro! Papai diz que preciso ser uma menina inteligente. Ele afirma que *ser bonita não é mérito nenhum, porque Deus te criou assim.* Daí ele fica sério e declara que *a inteligência é algo que você conquista.* Quando eu crescer quero ser inteligente porque Deus me criou com beleza. Nunca vou ser freira!

Tudo vai ser laranja. E vou fazer um X em todos os desenhos que não curtir. Não gosto deste com essa senhora tonta na cozinha. Ela tem um avental e uma frigideira. Não gosto do cabelo curto dela e vou pintá-la todinha de laranja. Nem me importo com as linhas. Forno laranja, peixe laranja, e sua cara de idiota em laranja também. Vou pintar tão forte que vou fazer um buraco no vestido dela. Olha só!

As mamães dos meus amigos trabalham, mas a minha não. Ela só cozinha. Ela prepara um monte de comidas nojentas, como a beterraba. Beterrabas são roxas e não gosto de comida dessa cor. Odeio beterraba. Gosto mesmo de batata-doce. Quero comer batata-doce todos os dias. A Vovó cozinha batata-doce para mim. São escuras do lado de fora, e tenho que tomar cuidado porque estão pelando. Às vezes são amarelas por dentro, outras são vermelhas. A Vovó não me obriga a comer beterraba e sua comida é mais gostosa que a da Mamãe. A Vovó e a Mamãe nunca brigam. Elas dizem *que se respeitam muito*. Mamãe acha que eu não sei o que significa respeito. Respeito quer dizer que você não gosta de alguém, só que não revela isso àquela pessoa. Eu respeito as freiras da minha escola.

Eu vou respeitar a Celia. Acabei de conhecê-la hoje de manhã. Me deixou brincar com suas bonecas na mesa de centro. Eram pretas, amarelas e vermelhas. Queria pegar aquela bem pequenininha porque assim Celia não notaria sua falta. A pequenininha encaixa dentro da grande, então ninguém repararia se desaparecesse. Todas as bonecas cabem dentro de uma boneca maior. Celia me deu a boneca grande e me mostrou como abri-la. Ela é legal. Acabei não pegando a pequenininha. Não queria que Celia ficasse triste. Ela me deu um abraço apertado como os da Tia Vivi.

Aos sábados, Papai sempre me leva ao parque. Ele me faz soletrar palavras. Diz que vou ser muito inteligente porque sei soletrar direitinho. Essas palavras que têm muitos Hs são realmente difíceis de soletrar.

Hoje não fomos ao parque. Papai queria fazer um negócio diferente. Eu concordei. Gosto das surpresas do Papai. As bonecas foram uma surpresa, mas não são minhas. Precisam ficar na casa da Celia. Ela trabalha no escritório de Papai. Ficamos na casa da Celia um tempão. Queria voltar para minha casa, mas Papai pediu que fosse uma boa menina e esperasse na sala.

Mamãe nos cumprimentou quando chegamos em casa. Não queria falar oi para a mamãe. Ela está cozinhando. Provavelmente beterraba. Vou ficar no meu quarto e colorir. Vou colorir este livro inteirinho. Vou pintar todas as páginas. Vou colorir todas as páginas de laranja. Fazer um X em tudo. Tudinho.

PORTA

*"Pegue qualquer táxi amarelo do aeroporto. Meu endereço é 37
West 72nd Street, Apt. 9C. Você vai passar naquela esquina horrível
onde Lennon morreu. A entrada tem três arcos debaixo de uma varanda
enorme, na minha opinião mais mourisca que barroca. Te espero lá no
dia 5 de novembro. Deixarei uma cópia das chaves com o zelador. A de
bronze é da porta principal. A azul é do apartamento. Só vou fechar o
trinco de cima (o de baixo é um pouquinho problemático). Você precisa
virar a chave azul no sentido anti-horário para abrir a porta. Tenha
paciência. É uma fechadura temperamental e seus movimentos vão
parecer ilógicos. Quando você virar a chave, empurre forte! Prometo que
você vai encontrar vinho branco na geladeira. Chegarei no comecinho da
noite. Te amo."*

Bom... Você chegou. Ponha a mala no chão. Vai ler o bilhete outra vez? Claro que sim. Você o sabe de cor, no sentido literal da palavra. Seu coração conhece o texto de cor e salteado.

Você está corada. Talvez esteja exausta. Talvez envergonhada pelo jeito como aqueles carregadores olharam para você lá embaixo. Parece um edifício dilapidado, muito mais do que você tinha imaginado nos últimos três meses. É mais escuro também. Como as pessoas distinguem a noite do dia?

Ok. Esta é a chave azul que abre a porta. Agarre a maçaneta. Será que essa maçaneta facetada é uma bola de cristal? Pode prever o que vai acontecer lá dentro? Agarre-a com força. Seja qual for seu destino nos próximos sete dias, você não quer deixar nada escapar. Introduza a chave. Vire-a... Ok, tudo bem. Ele disse que não ia ser fácil. É esquisito ter que girar a chave para a esquerda quando as dobradiças estão do lado direito... Tente outra vez. Aaaah! Nem se mexe... Respire fundo. Você não pode descer para pedir ajuda. A cara deles dizia tudo: *9C, que sujeito sortudo!* O que esses idiotas sabem? Enfim. Mão esquerda na maçaneta, mão direita na chave. Vira! Empurra! Nem pense em chorar! Não bata na porta. Não adianta nada, você só vai se machucar. Faltam três horas para ele chegar. Tempo de sobra. Imagine

96

que você está lá dentro, já tomou banho, e agora está bebendo uma taça de vinho branco gelado.

Sorria. Viu só? Esta é a porta que você vai lembrar para o resto da sua vida. A partir de agora, sempre que se deparar com uma maçaneta difícil, você será transportada a esta cidade, este mesmo edifício, acompanhada de sua mala vermelha. Não importa onde esteja, sua mente voltará a este lugar presente.

Mais uma tentativa. Outra respiração profunda. Será que a maçaneta está tirando um sarro do seu amor irracional? Não é anti-horário e ilógico? Ele te ofereceu a chave de entrada ao seu novo mundo, à sua nova cidade. Irrompa porta adentro e tente permanecer por lá.

Empurre! Finalmente! Sucesso! Espere aí, tudo bem com sua mão? Está sangrando, você se cortou um pouco. Dá na mesma. Onde está a luz? Já encontrou.

Nossa, é tão pequeno. E muito escuro, mas tão aconchegante. Apenas um quarto e três janelas. Um futon ali. Deve ser uma cama pequenina. Prepare-se para ficar agarradinha, querida! Você pode encontrar quase a vida inteira dele sobre aquela mesa: a TV, os livros, a música dele...

E agora sua jaqueta e sua bolsa. E esse maravilhoso piso de madeira. Dá uma olhada naquele tapete de couro de vaca. Que bela forma de representar a alma da cidade que você deixou tão longe. Agora você também está a quilômetros de distância. Mais perto da felicidade ou da angústia. Já veremos.

Lá está a gravura de Notre Dame. Oh, aquelas máscaras! As cabeças de papel machê de Salta estão todas aqui: o puma, a cobra, o crocodilo, a raposa. Continuam nos observando? Voltarão a testemunhar o encontro de nossas almas, inevitável apesar da distância e das circunstâncias? E você, sábia corujinha, vigie meus sete dias aqui neste paraíso.

A torneira de água fria está emperrada. Você nunca imaginaria que pudesse existir algo pior do que um banho frio, mas estava enganada: um banho escaldante. Você vai se queimar. Não é engraçado? Se não se abrasar com a água fervendo, será com esse amor delirante.

Relaxe. Pegue o vinho dessa velha geladeira barulhenta. Viu? Ele comprou o seu branco favorito. Deite-se no futon e espere sua chegada. Não molhe o travesseiro com seus cabelos. Que romântico se ele te encontrasse assim. Como nos filmes, mas você deveria estar adormecida. Não com seu coração batendo tão forte, com mais força do que você bateria naquela teimosa porta.

Ele chegará a qualquer momento. Respire. Sorria. Relaxe. Você nunca viverá esta espera outra vez. Congele este momento. Sinta uma janela se abrindo em seu peito, muito maior e mais ampla do que aquelas três tristes janelinhas que só conseguem encarar uma parede cinza.

Ouça! É o elevador. Esses são seus passos. Pouse sua cabeça no travesseiro, feche os olhos. A chave está virando em harmonia e as dobradiças estão cantando. Ele está abrindo a porta. Ele entrou.

QUEBRA-CABEÇAS

Os olhos de Rita fitaram, incrédulos, o fundo da caixa. Não estava vazia. Sobrava uma peça solitária do quebra-cabeças com dois tons de vermelho. O problema é que a figura já estava completa e não continha nada de vermelho. Havia passado quase quinze anos desde que voltaram do estrangeiro, desde que o quebra-cabeças da *Orchard House* chamou sua atenção na loja de souvenires do centro. Passar uma tarde de inverno juntando peças ajudaria Tracy a reconectar com as tradições de sua cidade. Entretanto, ela deve ter tido outros planos que mantiveram a caixa fechada, adormecida na prateleira inferior do armário do quarto de hóspedes do andar de baixo, até esta sexta-feira inusitada.

Quando Tracy começou a frequentar à universidade, a sexta-feira se tornou, para Rita, um dia entre uma semana silenciosa com sua solidão e um fim de semana silencioso com Henry. Depois das tarefas prévias à sua chegada – como pegar as roupas na lavanderia e empilhar revistas do lado dele da cama, exatamente na mesma ordem em que foram recebidas – Rita dedicava algumas horas à extravagância do dia. Ela nem se lembrava mais de por que a presença iminente de Henry eclipsava outras atividades. O fato é que sua figura tinha deixado de transformar o ambiente. Nos últimos dez anos, seu papel nos fins de semana se limitava a ouvir a lista das atividades meticulosas que ela realizava durante suas ausências nos dias de semana. Suas viagens pareciam uma série infinita de reuniões e jantares de negócios. No entanto, eram relevantes para a trajetória de sua carreira e o aumento do patrimônio do casal.

Pelo que Rita podia lembrar, a caixa tinha estado fechada até o dia de hoje. Poderia ser que Tracy a abriu, tentando construir a famosa casa, para logo doá-la toda arrumadinha à biblioteca local? Claro que suas boas intenções teriam evaporado antes de alcançar seu objetivo. Sendo assim, descobrir a origem e o destino daquela peça órfã do quebra-cabeças dominou seu pensamento aquele dia. Seus bracinhos vermelhos estavam pedindo ajuda contra o tédio, a solidão e o silêncio daquela caixa vazia.

Rita contemplou a casa de tons marrons. Ela se aproximou um pouquinho mais da bancada de mármore da cozinha e bebericou seu chá. A figura estava completa, com sua porta verde que oferecia aos turistas um vislumbre do passado de uma famosa escritora. A órfã vermelha pertencia a outro lugar.

Rita precisou se ajoelhar para alcançar a parte de trás do armário. Resgatou outros quebra-cabeças que Tracy tinha esquecido: *Estados do nosso país, O casamento de Barbie, Cinderela perdeu seu sapatinho.* Nenhum deles queria adotar sua órfã. Ao voltar para casa, Cinderela se recusou a entrar na parte traseira do armário assim como o sapatinho de cristal não aceitou os pés de suas meias-irmãs. A cabeça de Rita quase teve que varrer o chão para encontrar o intruso: *Peter Pan perseguindo Sininho.* Rita sorriu. A pena no chapéu de Peter Pan precisava dos dois tons de vermelho da peça solitária que ela possuía em suas mãos. Rita abriu a caixa.

Coberta pelas partículas esparsas dos personagens de J. M. Barrie, se encontrava outra imagem, real, uma fotografia e um envelope. Seu coração acelerou, desenfreado. Sua razão acelerou ficando a quilômetros atrás. Ela se sentou no chão, deu uma olhada no relógio e tirou a fotografia da caixa.

A mulher era jovem, teria no máximo uns 27 anos.

No fundo, se viam as Torres Gêmeas. Suas mãos apertavam um livro azul na frente da fonte da Esfera. Rita virou a foto lentamente, com suas mãos trêmulas, como se estivesse lidando com um arranjo de flores delicadas. Manuscrito.

Henry, consegui.

Obrigada por todos seus ensinamentos e sua confiança.

Venha me visitar. Estarei à sua espera.

Com amor, Marian - no topo do mundo.

Os lábios de Rita quase beijaram o punho fechado que continha a pequena peça vermelha. Se a esmagasse, Peter Pan ficaria incompleto. Seus olhos perceberam o envelope quando ela relaxou sua mão. *Música MARavilhosa para você.* Assim mesmo, com M, A e R maiúsculos. Os materiais se espalharam dentro da caixa: um USB vermelho em forma de estrela e um livreto. Letras de músicas românticas, de Beatles a Amy Winehouse, recheavam todas as páginas exceto a última. *Obrigada por esses primeiros vinte anos no labirinto do amor. Até o mês que vem. Marian.*

Rita não conseguiu distinguir uma forma inteligível sequer. Nem a luz que filtrava pela cortina do quarto de hóspedes, nem o armário antigo que abrigava memórias, nem o espelho refletindo sua figura inanimada.

Ao ouvir o ruído de um carro se aproximando da garagem, ela arrumou o cabelo, guardou o USB e o livreto no envelope, e cobriu o mesmo e a fotografia com os fragmentos de Peter Pan. Dessa vez, o armário aceitou todos os quebra-cabeças sem resistência. Rita estava colocando água para ferver na chaleira quando Henry entrou pela porta da cozinha.

"Oh, você decifrou o quebra-cabeças?"

Henry olhou para a Orchard House e começou a separar suas correspondências.

"Sim, finalmente. Depois de todos esses anos, sem que faltasse nenhuma peça."

Rita lhe serviu o chá com um sorriso vazio. Com uma mão, ofereceu a xícara. Com a outra, escondeu aquela pequena peça vermelha no bolso de sua camisa.

"Imagino que seria muito pior ficar com uma peça a mais do que uma a menos" adicionou.

Henry estava distraído demais com o catálogo para responder. Tão ensimesmado que nem olhou para sua mulher.

INVEJA

Sim, eu espero. Me avise quando estiver pronto... Não tenho o dia inteiro...

Isso faz dois meses. Só me aproximei daquela pobre mulher porque senti muita pena quando a vi. *Ela era uma cara nova na escola,* bastante gordinha, diga-se de passagem. Não costumamos receber pessoas com o seu tipo físico por aqui. Não estamos acostumados à ideia de feiura. Muito menos às roupas puídas, a não ser que pertençam às empregadas que levam as crianças à escola. *Mas ela não era uma dessas criadas, pelo jeito como olhava para sua tímida e encantadora menininha de tranças em seu primeiro dia de aula. A mulher parecia estar tão orgulhosa,* emocionada de ver sua tímida princesinha escalando os degraus da sociedade. *Indiferente a todos os demais,* como se não existíssemos. *Então me aproximei dela e lhe dei o meu* mais sorridente *oi de boas-vindas.* Não ia reagir à sua grosseria com perguntas vulgares. *Ela não pôde aceitar meu convite para tomar um café em casa naquele dia,* claro. Deu uma desculpa esfarrapada sobre trabalho ou qualquer outro inconveniente. Excessivo, intimidante demais para alguém como ela —nossa maravilhosa casa, com todos seus móveis incríveis, nossa arte, nosso radiante sentido da beleza, aquele equilíbrio em que tudo e todos se encaixam. *Ela nem tinha conhecimento de nossa vizinhança,* nossos costumes. Nunca encontraria outra mãe que prestasse atenção a qualquer história penosa por detrás de sua cara gorducha. Eu era uma exceção.

Naquela manhã eu descibri que Britney, sua pálida filha, *tinha recebido uma valiosa bolsa de estudos do Estado e estaria na mesma classe de Elizabeth. Sim, minha filha Elizabeth. Lizzy. Parece que Britney tinha alguns problemas de saúde:* intolerâncias alimentares sérias, convulsões, esse tipo de coisas *que deixavam sua mãe muito ansiosa. No entanto Britney,* a Senhorita Tranças Grossas, *superou essas dificuldades* típicas de gente pobre e preguiçosa *e conquistou o privilégio de frequentar nossa prestigiada academia e ver o mundo real de perto.*

Quando Lizzy foi para casa naquela tarde, conversamos sobre o altruísmo de se tornar amiga de Britney. Bom, nem falamos muito sobre isso, ela só virou os olhos, descontente. Adolescentes. Ela foi direto à cozinha para comer outra guloseima só para me enfurecer. *Minha filha tem alguns probleminhas também, sabe? Preciso falar sobre isso? É que ela tem... Veja bem... Alguns distúrbios alimentares. Infelizmente ela adora comer.* Por que ela não entende de jeito nenhum que ser bonita requer um esforço? Ela precisa aprender como saciar sua fome com algo que não seja comida! Se eu faço isso, ela também pode. *Apesar de que não tenho muita certeza de que ela me escuta.* Ocupada demais devorando seu lanche de pasta de amendoim e saindo em disparada ao seu quarto.

Contudo, a oportunidade surgiu quando *Britney, sozinha, decidiu virar amiga de Lizzy,* o que demonstrou um bom gosto instintivo de sua parte. *Muito louvável* e inteligente. *Lizzy sempre precisou de ajuda com matemática e inglês, e como estou constantemente ocupada* com esta bela casa e como conseguir que meu marido seja a inveja de seus colegas. *O que você vê aqui é o resultado de puro esforço e determinação.* É trabalhoso ser assim tão linda. Não importa o que digam, ninguém liga para uma alma super doce que esteja num corpo super repulsivo. Bom, eu sim. Não me interessei pela mãe de Britney?

Então as meninas fizeram amizade. Eu recebia Britney quase todas as tardes em nossa casa. Um grande alívio para sua mãe que não precisava sair correndo de seu triste escritório para buscá-la. *Adorava vê-las juntas,* a esquálida *Britney* e a rebelde *Lizzy.*

Tranças brilhantes, pernas fininhas, olhos profundos e curiosos, comendo somente uvas e abacaxi, ensinando álgebra e advérbios a Lizzy, a garota que deveria ser mais bonita e mais esbelta. Superior. A mesma expressão enfadonha de sempre, enchendo sua boca enorme com cookies de gotas de chocolate e nozes pecan que Britney nem tocava.

Não podia ter lembrado de jeito nenhum de um detalhe tão sem importância como aquele. Como se eu tivesse espaço na minha cabeça para esse tipo de trivialidades. *Conversei apenas uma vez com aquela mulher por educação. Lido com instituições de caridade e eventos beneficentes. Suas acusações veladas me ofendem porque tinha as melhores intenções de ajudar aquela pobre garotinha. Estava sendo generosa. Realmente esqueci, nem pensei no assunto.*

Você deveria ter visto os olhos de Britney quando viu meu famoso pudim de baunilha sobre a mesa. Já tinha falado que era sua sobremesa preferida. Até Lizzy ficou surpresa com essa guloseima, pois quase nunca encontro tempo para cozinhar. Que repugnante vê-las trocando aquela felicidade obscena de creme e açúcar por um futuro de gordura e exclusão. *Parecia mesmo que Britney estava um pouco faminta demais. Como alguém que não tem um jantar decente todas as noites... Não, eu não como pudim.* Tenho cara de quem gosta de pudim?

Ai, meu Deus. Sério? Como eu ia saber? Era leite, simplesmente... Bom, leite de amêndoas. Isso ainda é leite, não? Tem certeza? Claro que chamei uma ambulância imediatamente, ela não respirava! Lesão cerebral? Ela vai se recuperar? Oh, que acidente mais terrível! Que tragédia, Sr. Detetive! Uma garota com tanto potencial. Sinto pena daquela mãe! Claro que sei que você gravou esta declaração. Isso, isso. Estou aqui para ajudar. Pode me chamar quando precisar. Agora necessito cuidar da minha filha, espero que entenda. Até logo.

Lizzy, meu docinho de coco!

...

Sua amiga Britney não poderá ir à escola durante um bom tempo.

...

Meu anjo, venha comigo à academia esta tarde.

...

Lizzy!

...

Estou cansada de que sempre esteja trancada em seu quarto. Venha para cá agora mesmo!

...

Vamos jogar fora aquele pudim de baunilha inteirinho!

ESCURIDÃO

Para nós, quando se extingue a breve luz,
Dormiremos uma única noite perpétua.
Dá-me mil beijos, depois cem
Depois mais outros mil, novamente cem,
Então mais mil ainda, depois cem.

Caio Valério Catulo, Carmen 5

Eve se despertou e imediatamente se lembrou de que era feliz. Apesar da penumbra confusa que permeava o quarto, dessa vez não era um sonho. Kent estava lá, adormecido ao seu lado, num luxuoso hotel dos anos 20 intocado pelo tempo. Ela ansiara revisitar o passado. Previra relembrar a memória que estava prestes a criar, uma lembrança para estimar com ou sem ele. Mais uma de suas "memórias futuras". Eve imaginava alguma experiência, com os seus mínimos detalhes, e então se projetava cada vez mais

113

profundamente no futuro, relembrando o que ainda não tinha acontecido. Tais memórias idílicas sempre se tornavam reais. Esta não seria uma exceção.

Seu coração abraçou a lembrança desta noite por meses a fio. Seria a ilustração perfeita da primeira noite inteira juntos, na cidade que ambos amavam, um refúgio secreto totalmente desconhecido por qualquer outra pessoa. Para criar sua memória, Eve invocou alguns versos em latim. Uma receita de Catulo para que os amantes sobrevivessem à inevitável noite da velhice e da morte, através de milhares e centenas de beijos, em quantidades infinitas. Eve venerava o poema, mas sentia que precisava adicionar uma imagem à escuridão.

Com a elegância silenciosa dos felinos, escutando a lamúria daquele velho edifício e a deliciosa respiração de Kent, ela se desvelou. Em sua memória futura, ela surgia no meio da noite, caminhando em direção à janela, saboreando a paz de um amor recém-feito, contemplando os arranha-céus da ilha. Mas naquela tarde, quando Kent abriu a porta do quarto, Eve não conseguiu enxergar nenhuma construção. Sua estreita janela emoldurava um triste poço de luz cinza, que apenas lhe proporcionava um minúsculo quadrado de céu escuro para decorar sua memória. Ela não se incomodou de não ter nada para ver. Estavam finalmente juntos, durante uma noite eterna na cidade que era seu mundo.

Ela foi cuidadosa para não pisar nas suas roupas e sapatos, para não tropeçar nas malas semidesfeitas. Deslizar seus pés no chão de madeira, no silêncio da escuridão, parecia uma procissão sagrada. Apenas a capa cinzenta de uma luz tênue, filtrada pelas cortinas, abrigava sua nudez. Ela acariciava aquele chão antigo com a delicadeza de uma pluma, com o vermelho estridente das unhas dos seus pés, um Chanel carmesim que Kent a presenteou muito antes de que ousasse tocar a ponta de seus dedos. Eve se sentia como uma Cassandra entrando no templo para encontrar seu amante, só que dessa vez Eve já havia dado com ele, e não sentia medo. A penitência chegaria, mas a imagem permaneceria. O equilíbrio da noite era muito frágil e os deuses muito fáceis de despertar.

Eve se embrulhou nas cortinas e olhou para fora. Na suave noite de princípios de maio, todas as janelas estavam fechadas e todas as luzes apagadas. Contemplando aquela minúscula fresta de céu, na esquina da East 39th com a Madison, ela sorriu. Guardou sua lembrança, uma perene borboleta de amor, dentro do peito. Eve, uma garota de 27 anos, nua e apaixonada, no topo do mundo com o homem de sua vida. Não importava o que o destino tivesse tecido, este minuto ainda seria seu daqui a 30 anos.

Eve se enfiou na cama de novo e, antes de se render ao sono, se apoiou em seu cotovelo direito para fitar seu amante, sentir sua respiração, encaixar a forma do rosto dele em seu coração, próximo àquele pedaço de céu. Ela sussurrou para si o nome dele como se tratasse de uma cantiga de ninar, recitando ao destino uma falsa prece. As quatro letras do nome do único homem que podia amar sem fronteiras. Pronunciar os quatro sons uma e mil vezes, depois cem vezes mais, seus olhos se fecharam e a sua mente recuou para a noite interminável em que todos devemos dormir.

A luz tentava abrir suas pálpebras forçosamente quando Eve, finalmente, acordou. Enquanto dores infinitas avassalavam seu corpo, continuava sentindo o gosto do nome de seu amante em sua língua e apreciando sua música em seus ouvidos. Alguma coisa afastava de sua mente aquela fresta de céu escuro de Manhattan. Talvez a ideia de que hoje era um dia importante.

"Bom dia" disse, tentando não se mexer muito bruscamente. "Falei enquanto dormia?"

"Bom dia, princesa! Feliz Boda de Prata!", disse seu marido, sorrindo.

"Uma princesa com cinquenta e sete? Agradecida. Por que você está arreganhando os dentes? Falei dormindo?"

"Se falou, não percebi."

"Te amo, Frank."

"Eu te amo mais."

Frank beijou os cabelos de Eve dezenas de vezes e, uma vez mais, a envolveu com seu corpo e a adorou mais naquele momento do que em qualquer outro dos últimos vinte e cinco anos. Frank era um homem sábio. Entendia que não existia verdade sem segredo nem luz sem uma pitada de escuridão.

DESAFIOS

Estando Pilatos sentado no tribunal, sua mulher lhe enviou esta mensagem: Não se envolva com este inocente, porque hoje, em sonho, sofri muito por causa dele.

Evangelho de São Mateus, Capítulo 27, Versículo 19.

Pense. Mas pense com calma. Esqueça os *sábios*. Não preste atenção à carta de sua esposa. Você sabe muito bem que as mulheres são frágeis e suscetíveis ao delírio. Claro que ela nunca sonhou com esta situação nem com este homem. Sem dúvida alguma. As mulheres são muito temperamentais e deixam seus gestos serem totalmente controlados pela impulsividade do coração. Você consegue analisar o problema, você é esperto. Você mantém a compostura. Sua mulher está longe de casa e de sua família. Você encara a distância e as mudanças de forma natural. Quase sempre

119

fizeram parte de sua vida. Há um motivo pelo qual o comandante supremo te guiou até este cantinho do mundo. Este incidente não deveria arruinar seu caminho exemplar à glória.

Considere suas alternativas. Qual seria o efeito de concordar com aqueles *sábios*? Esta semana de celebrações religiosas se desenvolveu pacificamente até agora. Talvez o ato demandado por eles seja injusto, mas acaba evitando maiores confusões. O poder outorgado à sua pessoa deve ser administrado com mão firme e coração impiedoso. Você não deve permitir que intuam sua hesitação. Sua esposa pode chorar mais tarde. Permita-lhe outro ataque de raiva devido às mensagens divinas bordadas nas visões noturnas. Você pode lidar com ela em outro momento. As mulheres não são importantes. O dever é prioritário. Mantenha a paz e a distância entre seu governo e as complexidades teológicas desse pessoal. Eles pedem esse tipo de justiça. Ofereça-lhes isso. Mesmo que você não concorde. Mesmo que você não detecte nenhuma pontinha de culpa nos olhos daquele pobre homem.

Por que não responde às acusações? Ele permanece calmo, mesmo com aqueles olhos negros como o breu, com uma fagulha de terror ou desespero, prontos para serem incendiados furiosamente. Ele te observa do abismo de uma vontade resoluta. Você sabe que é inocente, uma alma delirante e lamentável, alimentada pelas aspirações de poder ou de uma força superior. Não é uma ameaça em absoluto, apesar do temor daqueles chamados homens cultos. Por que não se defende de tamanha calúnia? Ele age movido pela urgência de um desejo soberano, que ignora a iminente punição física de uma morte horrível. Delírio, desilusão, paranoia – esses são os presentes divinos desvinculantes de uma realidade inflexível. Tais presentes foram concedidos primeiro a Odisseu e logo a Eneias. Também à sua esposa através de seus sonhos infantis. Há rumores de que até o Imperador sofre alucinações. Seus inimigos crescem às suas costas como a sombra das árvores numa floresta quando o sol abandona o céu.

Porém aqui, nesta manhã de fervor religioso, quem delira mais? Um grupo de anciãos exigindo uma decisão que você não quer tomar? Esse jovem rebelde que desafia seu poder, seus impostos, sua espada e se autodenomina rei? Você está prestes a enlouquecer numa piscina cheia de sangue derramado simplesmente para satisfazer à multidão?

Você tem a resposta. Faça-os acreditar que lideram a execução para que você continue cuidando de assuntos relevantes: paz e ordem. Se um dia souber dessas ações e decisões necessárias, Tibério reconhecerá a eficiência de seu oficial. Claudia voltará a ter mais sonhos proféticos que você finge escutar. O Sinédrio castigará sua arrogante vítima. E esse desesperado homem de olhos profundamente negros? Patético. Verdadeiro merecedor de pena. A lembrança de sua execução não durará mais de três dias. A vida continuará no vasto Império Romano. Até seu nome será esquecido, enterrado pelo tempo. Qualquer faísca de luz em seus olhos será apagada pela dor e por sua morte irremediável. Ponha de lado as preocupações desnecessárias. Sem dúvida, suas mãos estarão eternamente limpas pela gélida corrente do esquecimento.

HISTÓRIAS/ANDARES

A Charles Eaton

Apenas dois dias após aterrissar na cidade, descobri aquela praça triangular na esquina da Gold com a Platt. Estava andando sem rumo, procurando alguma nova cafeteria, quando me deparei com uma escultura geométrica enferrujada muito similar àquela que o herói do meu romance inacabado encontra no planeta Suadela, no final do capítulo quatro. Tinha lugar de destaque perto de uma árvore solitária, rodeada por um grupo de mesas de ferro. Nesse exato instante, decidi que aquela pracinha se tornaria meu novo escritório, um tipo de "X" no final das linhas pontilhadas do mapa do tesouro do meu universo particular. Lá conseguiria, finalmente, terminar meu primeiro livro de ficção científica, que resistia bravamente a uma conclusão. Meu amigo Patrick viajou a Tóquio, onde ficaria por três meses para fechar um negócio importante e me ofereceu seu minúsculo estúdio no Distrito Financeiro: "Ei, James, aproveita o lugar! Se você não conseguir terminar seu livro com toda essa energia ao seu redor, não sei aonde mais você poderia ir." Então comprei um par de tênis, pus um dicionário e um telescópio na mala – um para sair caçando palavras e outro para traçar as coordenadas da viagem do meu protagonista pelas galáxias. Dessa maneira, desembarquei no centro do mundo econômico para contar a história de uma sociedade diferente, enquanto pessoas como Patrick injetavam contratos em artérias corporativas a poucos metros dali. As estrelas de Patrick são verdes e brilhantes, flutuam despercebidas e caladas, de banco em banco. As minhas são silenciosas também, reveladas por um telescópio e espalhadas pelo romance que ainda não tinha tomado forma de constelação.

Vi o Senhor Oclinhos Peculiares na tarde de quinta-feira. Ele andava pela Gold Street falando num telefone e fuçando em outro. Usava uma bolsa de couro com uma porção de planos arquitetônicos e parecia conversar animadamente. Quando parou na minha esquina, tive a oportunidade de observá-lo à vontade. Um pouco acima da meia-idade, ligeiramente gordinho, com uma vestimenta meio sem graça e bastantes fios loiros caindo sobre o par de óculos verdes de plástico que não combinavam com seu visual. Talvez aqueles óculos fossem culpados da minha imediata atração por ele. Parecia alguém que conseguia fingir seriedade sem nenhuma mudança de expressão facial, porém incapaz de esconder completamente um segredo, um traço extravagante de sua personalidade. Como alguém que veste um suéter de marca com uma etiqueta de promoção à mostra, indicando sem querer que as aparências enganam.

Pude ouvir sua conversa o suficiente para entender que, como de costume, estava hospedado no décimo segundo andar, onde havia bastante iluminação para comparar planos e que a transação tinha dado certo. Levando em consideração minha falta de inspiração e progresso, esse homem estava a muitos passos à frente da minha vida. Terminou de conversar, guardou os dois telefones e saiu em direção ao hotel chique do outro lado da rua. Mais um empresário anônimo numa daquelas inumeráveis viagens de negócio fortuitas que esta cidade inspira.

Acontece que tínhamos uma rotina parecida, sem sinal de casualidade à vista. Duas semanas mais tarde, o vi caminhando em Maiden Lane. Com um jeito cansado, passos lentos, embora não tão arrastados quanto os meus, ainda engatinhando para chegar aos capítulos finais do meu romance. Seus óculos tinham mudado de cor, apesar de continuarem destoando do resto de sua aparência. De repente, quando entrou no hotel, sem nenhum motivo aparente, senti um estranho arrebatamento de curiosidade, uma ânsia de segui-lo, de acompanhar seus passos. Aquele homem possuía algo de que eu necessitava, embora não soubesse o quê.

Voltei ao estúdio para desafiar minha sorte. Se seu quarto de hotel desse à minha praça, poderia vê-lo da minha janela, localizada a um bloco de lá. As pessoas tendem a pensar que todas aquelas janelas em Wall Street pertencem a escritórios, porém devido à última crise econômica muitos daqueles edifícios abandonados se transformaram em moradia barata para os jovens como Patrick, pioneiros do mundo financeiro. Joguei meu computador no sofá, revistei minha bolsa em busca do instrumento que usaria incorretamente pela primeira vez, sentei à minha janela no décimo sexto andar e esperei. O hotel tinha somente quinze andares e meu telescópio podia facilmente alcançar uma distância muito superior à que nos separava.

Quinze minutos depois, ganhei a aposta. O Senhor Oclinhos Peculiares abriu a porta do quarto, deixou os planos na escrivaninha, ficou nu dos pés à cabeça (com exceção dos óculos azuis) e assistiu TV até a hora do jantar. Então vestiu uma calça jeans folgada e uma camisa cor-de-rosa de botões e saiu. Nada muito impressionante para colocar num relato, mas ainda assim fascinante.

Não houve nenhuma mudança na minha vida ou no livro nas semanas seguintes. Via meu novo amigo inerte a cada dez dias, com óculos imprevisíveis e telefones em dose dupla. Um vai e vem de planos e conversas telefônicas foram realizadas no seu caminho ao hotel. Lembro de pensar que ele estaria falando com sua mulher naquele momento do dia, mas, com o atento olhar feminino de um romancista masculino, percebi que não usava aliança. Evidentemente sua existência não era mais que negócios, TV antes do jantar, óculos coloridos extravagantes e uma volta entediante no carrossel do tempo. Concluí que não tinha nenhum segredo para mim.

Uma tarde qualquer, uma semana antes da minha partida, com três capítulos incompletos daquele livro que não ecoava nenhum dos meus sonhos, um táxi parou na frente da minha mesa. O motorista colocou na calçada uma mala coberta de adesivos florais. Grandes e pequenas, fechadas e abertas, inúmeras flores psicodélicas dançavam freneticamente num fundo de couro negro. Foi quando ela deu o ar da graça, saindo do carro, usando uma bandana verde sobre suas madeixas ruivas, que se espalhavam pelas costas como um manto real. Ela olhou para o alto do hotel, com um deleite radiante, fez uma chamada em seu telefone, e entrou de forma triunfante segurando a alça de seu jardim particular. Quase pude sentir seu perfume e invejei imediatamente aquele homem que receberia seu sorriso mais sincero. Seu marido, deduzi ao notar a aliança em sua mão.

Então o vi, meu anônimo amigo míope, dessa vez com óculos verdes, descendo a rua cedo demais para sua rotina. Sorria enquanto falava ao telefone e, caminhando mais rápido que nunca, entrou no hotel pela porta lateral. Parece que a porta giratória seria mais demorada.

Um pouco mais tarde, os avistei saindo juntos, ainda sem se tocar. Ela olhava para os edifícios, fascinada, falando alto ao seu lado. Ele era um ouvinte hesitante, a um passo de acariciar os cabelos dela, sem ousar fazê-lo finalmente.

Naquela noite seus planos foram amassados pelas flores dela. Voltaram tarde ao quarto. Sem apagar as luzes ou fechar as cortinas, ambos se despiram e se deitaram. Desta vez, ele tirou os óculos que pousaram no chão perto da bandana verde. Senti vergonha, não tinha o direito de presenciar seu segredo. Mesmo assim achava tudo emocionante, porque tinha percebido um ar de mistério em seus óculos malucos várias semanas atrás. Totalmente desnudos, com apenas os cabelos ruivos dela para cobri-los e uma pequena caixa de chocolates para fazê-la ainda mais feliz, conversaram durante uma hora. Se beijaram suavemente e então com mais urgência um milhão de vezes, e trocaram outras tantas palavras mais. E quando resolveram fazer amor, parecia a única canção que sabiam cantar juntos sem desafinar ou o caminho que percorreriam de mãos dadas com os olhos fechados. Ou até mesmo a silhueta de um gato que acariciavam todas as noites sem pensar.

Fizeram várias pausas. Ele, para acariciar seus cabelos; ela, para desenhar traços mais jovens no rosto dele com seu mágico polegar. Imaginei que ela lhe perguntaria pela quantidade de vezes que ainda se amariam, e que ele lhe responderia que todo o tempo que lhes restava na vida nunca seria suficiente. Assim, um homem aparentemente previsível virou um herói e uma mulher intrigante se tornou um ser sublime. Sabia que eram donos de um tesouro que eu nunca possuiria. Eu tinha apenas palavras e estrelas. Eles tinham um ao outro.

Quando as luzes se apagaram à meia-noite, arrumei meus parcos pertences, abri meu computador, deletei completamente meu romance natimorto e saí porta afora.

No dia seguinte, de volta à casa, comecei a escrever uma história verdadeira. Dessa vez no Planeta Terra, seguindo as coordenadas de Gold e Platt.

FUMO

A Verónica Jiménez

"Não estou falando com você. Não quero falar com você. Nunca mais vou falar contigo."

"Tudo bem, Justin. Você não precisa falar comigo. Quer brincar com algum jogo? Não precisamos conversar se estivermos jogando."

Justin olhou para aquela mulher desagradável de óculos pontudos e com uma pinta enorme debaixo da orelha direita. Sua mãe também tinha uma pinta, mas era bonita, bem debaixo do lábio inferior. Ele adorava beijar aquela pinta. *Quando eu crescer e for grande como meu pai, só vou falar com belas garotas que tenham pintinhas em seus queixos.*

"Não quero brincar. Não quero falar. E *não* vou te contar nada secreto."

131

"Tudo bem. Não precisa abrir a boca. Não precisa me contar nenhum segredo. Os segredos são únicos. Os mais especiais são aqueles que somente duas pessoas conhecem, ninguém mais."

"Por que isso os torna especiais?", perguntou Justin, olhando nos olhos daquela mulher pela primeira vez.

"Bom, você tem uma bola de beisebol? Pode jogar com ela sozinho?"

"Não."

"Então, você precisa de outra pessoa para quem jogar a bola, certo?"

"Sim."

"Segredos especiais são assim. Os mais exclusivos são exatamente aqueles que você divide com alguém."

"Eu tenho uma bola de beisebol autografada por Brian Barkley. Foi meu pai quem me deu. Teve todo esse trabalho só por mim. É especial. Adoro olhar para ela. Não preciso compartilhá-la com ninguém. Nem quero isso."

"Parece ser uma bola de beisebol muito singular. Tanto assim que provavelmente você nem quisesse jogar com outra pessoa. Apesar de ser algo especial, seu braço ficaria dolorido se você ficasse jogando sozinho, não é mesmo? Se brincarmos juntos você nem vai sentir tanta dor. Podemos fingir que seus segredos são como uma bola de beisebol. Vamos brincar com essa bola juntos."

Justin olhou fixamente para seus pés e mexeu os dedos uma e outra vez. Imaginou que seus pés eram como o para-brisas do novo carro esporte de seu pai. Seu progenitor não percebeu quando Justin chutou o para-choque duas semanas atrás, pois estava ocupado demais gritando com a atormentada mãe de seu filho.

"Se eu brincar com meu segredo do mesmo jeito que faço com a bola, posso perdê-la. Igual quando perdi o livrinho de preces que meu pai me deu de Natal, aquele que pertencia ao meu avô. Papai falou que me daria o livro porque já era um mocinho, e que ia demonstrar para ele e para mamãe como eu era responsável. Mamãe não disse nada, não é muito tagarela mesmo. Quando papai descobriu o que tinha acontecido, ficou chateado comigo por muito tempo. Continua bravo. Acho que tem razão. Meu pai sempre está certo. Ele é muito esperto."

"O que aconteceu com o livrinho de orações? Você o perdeu?"

"Não lembro."

"Ah, que pena."

"Bom, na verdade não o perdi..."

"Ah, você não o perdeu. Então... Ele ainda está com você?"

"Não mais. Não o tenho. E não quero te contar nada mais. Se me perguntar o que fiz com ele, não vou responder. Quero ir embora."

"Ok. Sei que quer ir para casa. Não precisa me contar o que aconteceu com aquele livrinho. Mas se quiser me dizer, não revelarei nada para ninguém. Será nosso segredo especial, prometo. Não contarei nada nem para papai nem para mamãe."

Justin olhou para a mulher outra vez, mais na direção da sua orelha direita do que de seus olhos. Odiava sua feiura. Seu instinto pedia que saísse correndo. Sua mãe se irritava muito quando ficava batendo os pés na cadeira, como nos últimos quinze minutos. Essa mulher parecia não se importar. Ao contrário, não parava de fazer perguntas estúpidas. Era adulta, como todos os demais, e não podia esconder esse fato detrás de sua voz infantil. Não havia motivo para confiar nela. Os adultos tentavam obter a verdade absoluta dele, dizendo-lhe o que estava certo e o que estava errado. Ele só não revelaria qual tinha sido o destino do livro, ou por que tinha feito o que tivesse feito. Nunca.

"Justin. Justin? Quero te contar um segredo. Seu pai me deu uma coisa que queria mostrar para você. Disse que encontrou isto no seu quarto no dia seguinte ao acidente."

Os olhos de Justin passaram imediatamente da pinta ao objeto retangular azul. Apenas conseguiu raciocinar alguns segundos mais tarde. Como é que papai tinha descoberto? O esconderijo supersecreto de Justin tinha sido minuciosamente criado à prova de adultos. Ele olhou fixamente para a mulher pela segunda vez, apertou a mandíbula, e voltou ao silêncio sepulcral que havia precedido aquela visita idiota.

"Seu pai me disse que encontrou isto aqui no seu quarto. Falou que estava dentro do braço de uma boneca Pokémon quebrada. Acho que é um ótimo esconderijo. Nem o inspetor procurou lá dentro, então nunca o encontrou. Seu pai afirmou que não vai mostrá-lo ao inspetor. Talvez nosso segredo particular seja o motivo de que isto estivesse no seu quarto. Ninguém mais vai se machucar, então está tudo bem."

O tom manipulador da mulher combinado com a certeza de que estava orquestrando uma armadilha estúpida, quase provocaram o choro em Justin. Baixou seus olhos novamente, chutando a cadeira com ambos os pés, demonstrando indignação.

"Pokémon não é uma boneca! É um boneco colecionável! E meu pai sabe o que é e por que o peguei!"

"Ok, talvez seu pai esteja um pouco confuso e não se lembre de por que você o pegou. Provavelmente só queira saber quem te deu isso. Mas este pode ser nosso segredinho, se você quiser. Pode chorar também."

"É o isqueiro dele! É dele! Ele sabe disso!"

"Ok, é o isqueiro do seu pai. Ele se esqueceu de me dizer. Apenas me contou que o encontrou no seu quarto. Talvez não se lembrava de que era dele, já que ninguém fuma na casa, certo?"

Agora sim Justin entendeu. Não fazia sentido chorar, seu dever era se recompor. O equilíbrio do poder estava a seu favor, não daquela terapeuta intrometida. Apesar da incômoda obrigação concedida por seu pai, Justin vislumbrou uma oportunidade para perdoá-lo. O chefe da tribo transmitia instruções codificadas a um Justin esperto e responsável, que as seguiria.

"Não, ninguém fuma em casa."

"Ok, ninguém fuma exceto seu pai, de vez em quando?"

"Não, papai não fuma! E não encontrei o isqueiro em casa, e sim na rua. Papai nunca fumaria porque mamãe ficaria muito brava e ele a ama demais. E eu não estava sendo muito responsável, então meu pai tem razão de estar chateado comigo. Não tive intenção de queimar o livrinho de orações. Foi sem querer. Mamãe tentou apagar o fogo, mas suas mãos se queimaram assim como um pouquinho do seu rosto. Os médicos disseram que ela ia ficar bem. Meu pai não fuma e este isqueiro não é dele, entendeu?"

Os olhos da Doutora Ballina continuaram fechados durante uns segundos mais longos do que o normal.

"Ok, claro que não é o isqueiro do papai. Não se preocupe, você tem razão. Os médicos disseram que a mamãe vai ficar bem. Quer um chocolate antes de ir embora?"

Justin pegou aquele pedacinho embrulhado no papel prateado com a certeza de que seria jogado fora assim que saísse do consultório. Embora a mulher fosse claramente idiota, a sessão tinha ido bem. Mamãe nunca saberia. E papai poderia abandonar o cigarro. Transformar o livro de orações de seu avô em cinzas era um erro irreversível. No entanto, quem sabe se aquele deslize pudesse ser remediado, agora que ele tinha aprendido a ler os sinais de fumaça secretos de seu pai.

FANTASMAS

Frida

Minha mãe vai morrer amanhã. É o que eu espero. Não que eu deseje sua morte. Só que não aguento mais. Por favor, mamãe.

Estou entediada demais. Já não tenho lágrimas. Queria me sentar ao sol, dar uma volta no parque sozinha. Posso ver uma porção de árvores florescendo através da sua janela. Faz alguns dias que todos começaram a aparecer munidos de cachorros e mantas. Não consigo vê-los daqui, mas tenho certeza de que são mais felizes do que eu. Não estão aos pés do leito de morte de sua mãe, ouvindo uma respiração ríspida, rezando para que abandone esta missão tão fútil. Claro que meu pai não está aqui, mas está como sempre. Na verdade, eu vim para cá porque ele é incapaz de lidar com a doença e com a dor. Evidentemente, esses votos foram excluídos do seu contrato nupcial. Imagino que os advogados devem ter essas vantagems. Portanto, a filha única do procurador, que não fez nada de importante em sua vida por falta de paixão e dedicação, teve que abandonar seu marido e dois filhos pequenos num agradável subúrbio para vir a este desprezível Upper West Side. Isso, para garantir que sua mãe não morra sozinha.

Preciso ser uma boa filha. Não por ela, mas por causa de meu pai. Preciso mostrar para ele que sou bem-sucedida, do meu jeito. Preciso demonstrar que sou muito feliz, com minha casinha de campo, minhas crianças e Dan, meu impecável marido em público, e pai distante e melancólico dos meus filhos em privado. Tenho pavor só de pensar que meu pai terá que me socorrer outra vez. É bem provável que a promoção de Dan ao escritório de Connecticut só tenha acontecido devido à influência do meu pai. Mas preciso parar com isso. Não dá para tentar ser perfeita sempre e continuar me sentido um fracasso. Talvez depois do falecimento de mamãe, a sombra sufocante de meu pai desapareça. Mamãe, morra por favor.

Markus

Grande piada. Quem merece meu aplauso? Não reparei no nome do bar quando entrei. Só queria uma bebida. Chelsea não combina muito comigo, mas com todos esses novos contratos imobiliários a viagem acaba valendo a pena. Aquela antiga linha de trem será minha mina de ouro.

Uísque servido num porta-copos de caveira. Perfeito. "Avenida da Morte? Que nome é esse?" "Era assim que chamavam essa rua no começo dos anos 20, senhor." Com certeza não era a primeira vez que faziam essa pergunta àquele garçom. Sem dúvida. Minha esposa está morrendo em casa e eu acabo parando na rua da dita cuja. No ent141anto, me sinto bem. Preciso de um descanso das patéticas lágrimas da minha filha e dos olhos injetados, cruéis, do Steve no escritório. Steve, te odeio. Mal posso disfarçar, fingindo que devo a você minha brilhante carreira e tudo o que aprendi até hoje. Se pelo menos este scotch me ajudasse a esquecer do tremendo idiota que você é. Eu deveria estar dirigindo essa empresa. Você, dirigindo em direção ao caminho da Morte.

Sr. Dolloway

Estou cansado. Exausto. O que estou fazendo aqui? Podia sair e não voltar nunca mais. Quem estou tentando impressionar? Todos estão querendo dominar a empresa, até aquela merdinha do Markus. Já estou muito velho para perder meu tempo neste escritório, rodeado de um bando de lobos prontos para se regozijar enquanto comem todos os meus pedaços no chão da sala de conferências. Esta companhia é minha, seus putos idiotas! Eu a fundei e vocês são apenas uns peões que a fazem funcionar. Sabem de uma coisa? Não abandonarei esta empresa tão cedo. Mas quando o fizer, ela tomará as rédeas, não vocês, seus estúpidos. A gostosona da Sandy está pronta para me dizer que sim. Ela não é simplesmente uma advogada dessas que sobem na vida. Será a mais nova Sra. Dolloway. Foram pegos de surpresa, não é, seus conspiradores desgraçados?! Percebi desde o começo que ela era capaz de engolir a proposta mais indecente em troca de um mínimo de poder. Mal podem esperar a hora em que eu me aposente e morra? Muito bem, mas não antes de aperfeiçoar minha vingança.

Sandra

Preciso parar e terminar este documento. Fui contratada para cuidar de idiotas que não conseguem nem soletrar direito? Certamente não me deram este emprego para passar o dia inteiro xeretando o perfil de uma babaca. Por que estou tão obcecada com ela e suas viagens hippies, suas fotos de comida vegana e suas citações do Dalai Lama? É porque tenho esse prazer secreto de ver suas fotos nos Hamptons, sua bunda gorda apertada num biquíni, ou... Ai, meu Deus, que dentes horríveis... Ela não faz ideia do que é o sucesso. Com certeza não ganharia um décimo do meu salário tratando os problemas de dicção daqueles riquinhos mimados de Greenwich. Se eu aceito a proposta repulsiva do velho Steve, mostrarei a Ellie a cara do sucesso na minha própria mansão nos Hamptons. Ela pode ter sido a rainha da formatura, mas aqui quem reinará sou eu! Mandando na minha vida, no escritório e até em você, Ellie, quando vier às festas na minha casa de praia com suas unhas do pé sem pintar. Chega, preciso trabalhar.

Elizabeth

Tenho medo dela. Frequentemente me pego pensando mais nela do que nele. Até sonho com ela. Às vezes somos amigas nos meus sonhos, nos sentamos juntas e conversamos. Ele não costuma abrir a boca nos meus sonhos, mas ela é muito loquaz. Falamos dele, basicamente. Outras vezes, ela me observa à distância, de algum lugar elevado: uma colina ou uma escada rolante. Uma vez fugiu de mim, arrastrando suas crianças para longe. Gritava que estava roubando e destruindo sua família, quando tudo o que eu queria era discutir a melhor terapia para curar a gagueira do pequeno Tommy. Ela está sempre presente. Dan, talvez, apenas uma vez por semana. Mesmo então, seu fantasma nos acompanha na cama, sempre entre nós dois, seu marido e eu, invadindo meus sonhos. Queria entender como um homem com tanto amor para dar fica com uma mulher incapaz de recebê-lo. Desejo abraçar o homem da minha vida sem que ela roube até o ar que respiramos. Dan não virá de novo esta tarde. Está em casa cuidando das crianças, esperando o falecimento de sua sogra para remendar sua vida despedaçada. Nunca tinha percebido antes que vida rima com Frida.

Daniel

Durma bem, Pirata Tommy. Sonhe com os anjinhos, Princesa Emma. Se não fosse por vocês, meus filhos, teria deixado de servir estes demônios. O que vou fazer, Frida? Como vou contar isso? Qual será a reação do seu pai? Vai acabar com minha carreira. Sob o pretexto da reputação de sua empresa, o Sr. Dolloway vai me despedir calmamente. Sandra ficará contente de se livrar de mais um dos seus trabalhadores "incompetentes". Nem sei o quanto amo minha doce Ellie. Pelo menos não tanto quanto ela me quer.

Tenho alguma alternativa? Meu Deus, onde foram parar todos os meus planos de ser um espírito livre? Olhe para mim agora. Não sou nem uma sombra do que planejei. Sou um fantasma numa tumba privada de perfeição e vaidade. Como todos eles. Como todos nós.

Dúzia de Frade

ALTURAS

Abaixo se foi meu querido amigo. Não exatamente ele, claro, mas seus restos mortais. O que quer que tenha restado de um homem que admirava e mantinha perto do meu coração. Um homem com quem compartilhava trinta anos de amizade e de viagens a lugares que a maioria das pessoas não localizaria no mapa. Fui testemunha presente de sua arte e, minha câmera, o eco da imagem que ele gostaria que as pessoas guardassem na memória. Ele tocava e eu gravava. A quem seguirei agora e à qual destino?

O caixão não fez um ruído sequer, uma lágrima a mais sobre o caminho da enorme injustiça de sua morte precoce aos sessenta e dois anos. Meu amigo era músico. Notas extraordinárias brotavam de seu antigo violino como se estivesse acariciando com seu arco a cabeleira dourada de alguma deusa grega. Meu amigo não merecia um enterro silencioso nem as pedras trazidas por sua família e amigos. Mas quem merecia morrer após conceder paz às almas e beleza ao mundo através da generosidade de quatro cordas?

O rabino iniciou seus cânticos, com seus indecifráveis tons agudos e graves. Continuei olhando para o poço da ausência que tinha engolido meu companheiro, para aquela grama úmida que exalava uma vida irreprimível, e para todos aqueles pés empoeirados, alguns batucando, outros se revezando com o fardo proibido do cansaço, um a um, se movimentando ao ritmo hebreu. Apenas um par de sapatos femininos se destacava, intocados pela sujeira, inacreditavelmente elegantes com a estranha aura do salto alto de verniz negro. E a bengala também estava presente. Sapatos como aqueles não costumam estar acompanhados por uma bengala. Mas os dela sim.

Não quis olhar para cima. Temia que se o fizesse, comprovaria ser o protagonista do próximo funeral. Fiquei órfão há três anos e desde então comecei a me sentir velho. Por que as pessoas decidem que somente os órfãos mais jovens merecem pena? Meus pais me abandonaram e agora meu melhor amigo também. Estou sozinho neste enterro, rodeado por uma dezena de indivíduos cujos nomes desconheço. Ficarei ainda mais solitário quando voltar para casa.

A bengala deslizou de maneira quase imperceptível. Meus olhos acompanharam esse movimento como se escondesse uma mensagem secreta, cujo significado só eu podia decifrar. Senti curiosidade, mas não olhei. Se Alice estivesse aqui, teria me repreendido por essa distração. Não diria uma palavra sequer, porém apertaria meu braço de leve. Alice consegue captar meus olhares mesmo quando mantém alguma conversa banal com pessoas fúteis. Seria ainda mais fácil num funeral silencioso.

A bengala se deslocou novamente e se posicionou entre as pontas dos lustrados sapatos da mulher. Quem era ela? Por que sentia uma urgência enorme de negar que ela era a personificação mais bela da Morte estendendo suas mãos para mim? E se fosse verdade? Deveria olhar?

Minha esposa ausente apertou meu braço com sua mão imaginária outra vez. Há muito tempo Alice deixou de comparecer a funerais. A falta de paixão em um matrimônio deveria ser medida segundo os eventos sociais na vida do marido que sua esposa resolve ignorar. Festas da empresa vêm em primeiro lugar, reuniões familiares e uma cama em comum depois, e por último os enterros de amigos queridos. Meu casamento se transformou numa sequência de ausências esquecidas, com um silêncio mais opressor do que um violino mudo abandonado por um músico falecido.

Os cânticos se interrompem de repente. Preciso erguer meus olhos. Não encaro a viúva, mas sim a enigmática portadora da bengala. Ela me observa e o primeiro pensamento incompreensível que vem à tona é que ela não parece uma personificação da Morte, mas uma criatura de Botticelli profanada por algum vândalo, vestida com uma túnica negra. Ela me olha pacificamente e, naquele exato momento, uma calidez longamente esquecida toma conta do meu ser. Já nos havíamos encontrado antes, mas não me lembro quem é. Ela quase nem sorri. É perigosamente jovem, não por sua pouca idade, mas porque quem ousar não a beijar perderá para sempre a doçura de uma fruta perfeitamente madura.

O enterro chega ao fim e a multidão se dissipa, porém eu continuo imóvel. Ela permanece no mesmo lugar. O tempo passa numa progressão distorcida. Já perdi a noção de quanto demora para um minuto passar.

Agora ela está ao meu lado. Olho profundamente nos seus luzeiros azuis, incerto da minha capacidade de nadar de volta à realidade depois. Ela tem os cabelos da deusa com os quais meu amigo costumava encordoar seu violino. Estende sua mão e noto uma grande cicatriz marcando seu braço de marfim, como se fosse arame farpado.

"Que bom te ver de novo" declara com cautela. "Sou Blanche Illy. Estudei com ele durante dez anos até que sofri o acidente. Claro que você não se lembra de mim."

Não consigo dizer nada porque, apesar da minha solidão e do meu desamparo, eu sim me lembro dela.

"Nunca me esqueceria daquelas aulas vespertinas com o maestro. Você quase sempre estava presente. Eu tinha apenas 16 anos e você... Trinta e cinco? Não prestava atenção em mim, mas... Muitas vezes eu nem tocava para meu professor. Tocava para você. Acho que é o momento adequado para te contar isso antes de que todos terminemos lá embaixo."

Meu único objetivo, neste momento, é mantê-la junto a mim.

"Você tocaria de novo?", indago, sem pensar.

"Acho que não", ela responde, ligeiramente envergonhada.

"Porém, agora que você é uma mulher feita, suponho que poderíamos reavivar nossa memória musical tomando uma taça de vinho."

"Claro que sim."

O sol dos seus cabelos e o mar dos seus olhos são os presentes póstumos oferecidos pelo meu amigo. Meu coração se eleva às alturas dentro do meu peito e sei que não estou morto e nem o estarei durante muito tempo.

ACKNOWLEDGMENTS

Thanks to my friend Linda Aland, who believed that I could write in her language and did not accept "No way! *¡Tú estás loca!*" as an answer when she decided to introduce me to the Brainz group. Your energy and generosity are contagious. *¡Gracias, amiga!*

Thanks to Ira "Eye" Lipson whose literary group Brainz has been giving people the encouragement to write every month for almost twenty years. Thank you for accepting me and for the magic of your random words.

Thanks to my generous editors and, more important, dearest friends, Quin Mathews and Thom Adams. This book could not exist without you, your comments, corrections, and wise suggestions. Thank you for your infinite time and patience, for all your love. Among all our language adventures, this one has been so far the most exciting for me. *Gracias por ser mis amigos, por permitirme enseñarles y poner su corazón en cada proyecto. Los quiero mucho.*

Thanks to my adventurous, rock and roll lover and talented translator, Adriana Prado. *Menina*, your passion is contagious, your wisdom is taller than the Corcovado and your soul more luminous than the sun of Ipanema. Thanks for your hard work and dedication. Thank you for always understanding, no matter the language.

Thanks to my illustrator and designer, the great Rob Wilson. Since that first coffee together, I knew we were on the same page, literally and metaphorically. It is an honor for me to work with you. I hope many more projects bring us together soon. Coffee in New York, next time?

Thanks to Keila Thieme Vieira and the accuracy of her bright *olhos de águia*. This book is better because of you.

Thanks to Kris Hundt for your marvelous pictures, the lens of your soul makes the beauty of the world more evident.

Thanks to two women who, long before I started this dream, showed me that there is not a better way to pursue happiness than spreading your wings and flying high and higher without looking back, Jen Beck Seymour and Erin Cluley.

Thanks to my friend Vivian Oliveira. *Você está errada, menina. A verdadeira professora nesta amizade sempre foi você.*

Thanks to my brother, Javier Martínez, to Charo Martínez, María Fernanda Leroy, Maureen Israelson, Lynette and Hedley Rakusin, Hank Garrett, Peter Lewin, Chris Brooks, Ken Perkowski, Byron Cryer, Chris Hendrix, Sara Savariego, Randy Randel, Brad Mahanay, the Tsioutsias Family, the Eades Family and Andrea Stoler. My world is richer and more beautiful because you are in it.

Thanks to Gabriela Meccia, who proved that twenty years may pass by without scratching one little bit the core nature of a friendship. Every one of your comments was a treasure.

Thanks to Verónica Jiménez (a.k.a. Diana Prince Jiménez) my best friend and chosen sister. Thank you for believing in me, for listening, for being patient, for never letting me down. You are in this book as a character and in many other ways. Thank you for reading the stories and finding those mistakes better than Sherlock Holmes.

Finally, my deepest gratitude to Josh Hochschuler. I wouldn't be here if it weren't for you. You did a mitzvah many years ago, and I will be in debt to you for the rest of my life.

❧☙

ABOUT THE TRANSLATOR

ADRIANA PRADO was born and raised in Brazil, where she received a B.A. in Journalism from the Pontifícia Universidade Católica de São Paulo (PUC-SP). Adriana has worked as a cultural journalist and English teacher in her hometown before taking flight to the United States, following her passion for idioms and adventure. While in Dallas, TX, she dedicated her time to translating and writing. A love for traveling abducted her to Spain, where she's been committed to the world of localization and communication. She has always been a so-called "language freak", fascinated by accents and synonyms. Besides her native Brazilian Portuguese, she speaks English and Spanish fluently, has studied French and German, and can order her favorite dishes at a Chinese restaurant with a Mandarin drawl. She currently resides surrounded by music, books and coconut candles in vibrant Madrid.

ABOUT THE AUTHOR

FABIANA ELISA MARTÍNEZ was born and raised in Buenos Aires. From a very young age she showed a special interest in books and "words in other languages." Fabiana graduated with Honors from the Universidad Católica Argentina in Buenos Aires with a degree of *Profesora en Letras* (Linguistics and World Literature). She soon started teaching Spanish as a second language and perfected her method which she has used to teach in preeminent international companies as well as to professionals from various countries. Fabiana speaks five languages: Spanish, English, French, Portuguese and Italian, and has degrees in Ancient Greek and Latin. She lives in Dallas with her husband Robert and her cat Philidor.